帰らざる日々

香川達夫 著

成文堂

帰らざる日々―はしがき―

大正末期にこの世に生を受けながら、いわゆる大正デモクラシーなど、およその香りさえも感じないまま、昭和六年には満州事変が始まり、爾来昭和二〇年八月の敗戦の日までの延べ一四年間、戦争に裏づけられての歳月を過ごしてきた。

昭和八年、小学校一年生として入学したその日、国語の教科書はモノクロからカラーに変わっていた。開巻一頁、華やかな桜の花の教科書に驚きはしたものの、つぎの頁はもう「ススメ　ススメ　ヘイタイ　ススメ」。満州事変の影響・軍国化への足音は、確実に教科書にもおよんでいた。昭和一六年、中学校の三年生のときに大東亜戦争、二〇年には旧制高等学校在学中であるにもかかわらず勉学に別れを告げ、一人の軍人として入隊せざるをえなくなり、対戦車肉薄攻撃という、自殺覚悟の訓練に日々を追われていた。

やがて八月の一五日。敗戦を告げる天皇の放送を耳にする。そしてこの日を、私は決して終戦記念日とは呼ばない。戦争が終わったのは事実だが、負けて終わりながら、終戦とは事実を糊塗するものである。終わった原因が敗戦にあるのなら、敗戦の日と銘記するのが素直と思われるからである。

その敗戦の日から、もう七〇年近い歳月が流れていった。あの折本土での決戦が、わが国の命運を賭けてかりにおこなわれていたのなら、私自身、房総半島の片隅に自らの屍を曝すか、太平洋上に一片の藻屑として消えていったのかもしれない。

昨年、かつての教え子たちに米寿のお祝いをして頂いた。屍や藻屑となることもなく、お祝いのこの日を迎えることができた。諸兄姉のご好意に感謝すると同時に、生きていてよかったとも思っている。

恵まれたいまでも、否、恵まれているからこそ思い出されるのは、幾多の紆余曲折を経験した十代・青少年期の私である。よきにつけ悪しきにつけ、それは強い印象として記憶のなかに刻みこまれている。決して、忘れることのできない過去の一時期であった。

平穏な世代に生きる諸兄姉にとっては、遠い昔のことなのかもしれない。そのこと自体、うらやましく思う。でも、洋の東西を問わず、ある時期、当時の若い世代は共通して、特殊な環境に生きてこざるをえなかった。それは何年たっても、容易に忘れうる体験ではない。ただだからといって、同じ思いを他に求めるつもりもない。「そんな時代もありました」と、そのことを心のどこかにとどめておいてくれたらと思うだけである。

そこで、過去の私を振り返りながら、硬軟・静動の差を超えて、いくつかの話題を思いつくままに纏めてみた。大きな流れに翻弄されながらも、一人の勉学の徒として、それなりに生きてきたつもりである。そうした動乱のもとでの私を少しでもわかって頂ければ、筆を執った側にも、それなりの甲斐はあったというものである。

米寿のお祝いにお応えするのには、ささやかなお礼に過ぎないのかもしれないが、諸兄姉のご好意に対してできることといえば、文筆に親しんできた私にとっては、自著をお贈りすることである。

満腔の謝意を込めて本書を贈る。有難う。

二〇一四年（平成二六年）六月

著　者　記

【追　記】

当時、年齢の表記はすべてが数え年であった。それもあって、さらには誕生日を契機に、いちいち満年齢に換算し直す煩わしを避けるためにも、文中の年齢は、すべて数え年で記載しておいた。

目次

西遊記

はじめて奈良を訪れたのは、昭和一六年（一九四一年）の初秋、中学三年生の二学期のことであった。東と西を結ぶ主要幹線、東海道本線に乗車したものの、当時電化されていたのは沼津まで。あとは、たなびく白煙を追いながら、蒸気機関車に揺られての旅であった。

名古屋で乗換えなのか、京都までいって南下するのか。そのどちらなのかを判断しかねていたら、名古屋で下車ということになった。ここで初めて、語調の違う日本語を耳にすることになる。異国とまではいわないにしても、郷里とは違うイントネーションに、「遠く離れた土地にやってきたな」と実感した。

関西本線に乗り換えて奈良へと向ったものの、南下してしばらくは、窓外の景色に格別の興味を抱くこともなかった。やがて亀山から右折して、西に方向を変えるにしたがって、いつとはなしに街並みは姿を消し、山と川だけの風景に変わっていった。気がついたら、鉄道と並行して走っているのは一筋の川だけであり、それしかなかった。静寂そのものの世界がそこにあった。悲しくなるほどの静けさであった。「こんな寂しい場所が、日本にもあるのか」と感嘆しているうちに、汽車はやがて、伊賀上野の駅に着いていた。

寂寥といっていいのか。適切な言葉も見当たらないくらいの静けさであった。一六歳の少年にとって、それは初めての長旅であったが、家族連れだったから耐えられたようなものの、一人旅だったらどうだったのだろう。そんな思いさえもさせられた。もっともこのあと、一人でこの路線を何度か往復している。いつも孤独感は高まるばかりで変わることはなかった。ただただ黙して語らず、窓外に見入るだけの旅であった。

某日、私のゼミに一人の女子学生が参加してきた。「高等学校はどこなの？」と聞けば、返ってきた言葉が「伊賀上野です」。「あすこって、なんにもないところよね」と、いってしまってから後悔した。

昭和一六年から、もう四〇余年が経過している。その間の変化をまったく無視しての、この心無い発言に気がつき、彼女にとっては大切な古里を、にべもなく切り捨ててしまったことに反省の念を抱いたからである。「昭和一六年当時のことなの」と、あわてて弁解するほかなかった。

彼女がまだ、生まれる前のこととはいいながら、いわれた方にしてみれば、心中必ずしも穏やかではなかったであろうと思う。失言を詫びたい。でも彼女、「いまでも、先生のおっしゃるとおりです」と、優しく受けとめてくれた。彼女のほうが、私よりも大人であったのかもしれない。

七〇年も前の思い出を、なぜ今頃書く気になったのか。齢を重ねるごとに、なぜか浮かんでくるのは遠い昔のことばかり。しかも、鮮明に思い出される。どうしてなのだろうとは思うものの、自分でもそれがなぜだかわからない。やはりあの柘植川の流れが、私の記憶から離れないからなのだろうか。

それもあってのこととは思うが、時空を超えたいま、昔のままの記憶で伊賀上野を語るのには多少の違和感も残るし、伊賀の方たちにも礼を失することにもなりかねない。そういった危惧もあってパソコンで調べてみたら、柘植川に沿って、予想外に多くの街並みが連続していた。もう昔の面影を求めるのは困難なようである。

勝手ないい方で申し訳ないが、ちょっとガッカリした感じもある。七〇年前の静けさを、そこに求めることはできなかったからである。あんなに寂しいところといいながら、その寂しさに郷愁を感じていたのかもしれないし、秘境は秘境として、そのままの形で残っていて欲しかった。

変わらなければ変わらないで寂しい田舎と非難しながら、変われば変ったで、変ってしまって寂しいと不平をいう。身勝手なわが身とは知りながらも、もう一度関西本線に乗り、並行して流れるあの柘植川を、昔のままの姿で見てみたいとは思っている。もとよりそれが、不可能なことは充分知っているにしても……。

当時の関急（関西急行電鉄）、いまでいう近鉄（近畿日本鉄道）が、伊勢中川経由で、名古屋と大阪とを結んでいるのを知ったのは、あとになってからのことである。このほうが乗り換えも少なくて便利であり、名古屋にでるまでの時間も少なくてすむ。それを知ったあとの利用交通機関は、もっぱら関西本線から関急に変わっていった。それだけに柘植川に会える機会は、益々遠のいていってしまった。というよりも、会う機会は失われてしまったようである。

代わりに強烈な印象を与えてくれたのが関急の鉄橋であった。大阪線と名古屋線とが合流する伊勢中川付近の鉄橋がこれである。一般に鉄橋とは、川の流れに対して直角に架けられ、決して斜めに川に向って建てられるということはない。

でも、ここだけは違っていた。両線が合流するあたりで急激に左側へとカーブし、そのまま鉄橋を渡って名古屋線と合流する。「大丈夫なの？」といった恐怖感はあった。静けさを選べば孤独となり、便利さを求めれば恐怖を感ずる。箱根を超えての奈良ゆきは、私にとって、いつもいつも感情が刺激されるイベントのようなものであった。

昭和一八年（一九四三年）の夏、姉に連れられて妹や弟とともに伊勢中川駅で下車し、名古屋ではなくて山田線に乗り換えて伊勢神宮を訪れたことがある。内宮・外宮を参詣しているが、あの宇治橋もそして五十鈴川の清流も、あまり記憶に残っていない。五十鈴川の流れの清らかさに感じいったのは、後年なんどか伊勢を訪れるようになってからのことである。

参詣の途中、両親と連れ立ってお参りする少年兵たちの姿に多く接した。小学校の高等科を卒業後、一六歳で軍の養成機関にはいり、航空兵や戦車兵として下士官教育を受けていた少年たちである。どの兵科に属する少年兵なのかは、襟章を見ればわかるはずであるが、その詳細を私は知らない。いずれにせよ、幼い少年兵たちが家族とともに参詣している姿には、複雑な思いを抱かされた。それだけは鮮明に憶えている。

参詣を終えて名古屋に向う。そろそろ夕食でもとろうかと、名古屋駅構内の食堂にはいって驚いた。あるのは雑炊だけ。注文したいような食事は、なにひとつなかったからである。大都会での食糧事情の悪さを痛感させられた。美味しい食事を口にすることができたのは、郷里である田舎に帰ってからのことであった。

（二〇一一・九・五）

《落穂拾い》

明治二五年（一八八六年）の小学校令でできたのが尋常小学校と高等小学校、ともに四年制であった。尋常小学校のみが義務制であったが、その後明治四〇年（一八九七年）になって、尋常小学校が六年制の義務教育になると同時に、高等小学校は二年とされ、あわせて八年の期間そのものに変更されることはなかった。通常、この両者は併設されており、○○尋常高等小学校と称されていたことが多かった。

尋常科卒業後、五年制の中学校・四年制の高等女学校あるいは五年制の実業学校（農学校・商業学校・工業学校）へ進学する者を、併せて上級学校進学者といっていたが、その進学率は、昭和一〇年（一九三五年）の時点で一八・五パーセントであったという報告もある。他方、高等科は卒業の時点で一六歳。少年兵の多くは、この年齢で卒業したあと、それぞれ軍関係の養成機関にはいっていった。

本文と直接関係があるわけではないが、昭和八年（一九三三年）に、小学校の新入生に対する国語の教科書が、モノクロからカラーへと変わっていった。これまでの黒い表紙が薄茶色に変わり、その内容もそれまでの「ハナ　ハト　マメ　マス　ミノ　カサ　カラカサ　カラスガ　イマス」といった文理不明の文章から、「サイタ　サイタ　サクラガ　サイタ」とカラー化されていった。そのこと自体はいいとしても、つぎの頁は「ススメ　ススメ　ヘイタイ　ススメ」。行進姿の陸軍の画像になっていた。

満州事変・上海事変と相次ぐ大陸での紛争にともなう軍国化の波は、ヒタヒタと国語の教科書にも押し寄せていたようである。考えたらこの年、ドイツではナチスが政権を握り、わが国は国際連盟を脱退している。満開の桜とはうらはらに、既にこの頃から凋落への一頁は始まっていたのかもしれない。

切り通し

先日、かつての教え子たちに米寿のお祝いをして頂いた。戦時中の慌ただしさ、入隊や空襲といった惨めな時代から、よくここまで生きながらえてきたものと感じている。一時は死をも覚悟せざるをえなかった二〇代の、三倍以上も生命を長らえての米寿のお祝いに感激すると同時に、それはまさしく望外の喜びであったし、ゼミの諸兄姉に感謝している。

考えてみたら、東京に定住してからもう五〇余年が過ぎていた。三代続かないと江戸っ子にはなれないのなら、江戸っ子にはほど遠い存在ではあるが、それにしてもすでに半世紀以上、東京での住まいを経験している。そんなに長いのかと改めて感じている。

半世紀以上にわたる東京在住以前の三〇数年は、逆に移動の歳月でもあった。いちばん長いのが、一六年間の千葉での生活。その意味では、幼いときを生まれ故郷で過ごしたという経験はない。敗戦後の大学生活と卒業後の研究室での生活とを併せて五年ほど、親元に御厄介になっていただけだからである。それだけに、小学校時代の旧友を故郷に求めるのには無理があった。小学校の旧友は、生まれ故郷ではなくて一六年過ごした千葉に求めるほかなかった。

忘れかけられていた私も、かつての旧友との連絡が取れ、久しぶりに小学校時代の同窓会に参加することができた。その席上、東京で長い間警察官を務め、定年後退官して帰郷した彼がいう。「道路って、広くなることはあっても、狭くなることなんてありませんよね」。同感である。私もまた、同じ経験をもっている。

小学生の頃住んでいた、かつての自宅跡を訪ねた折、自宅前の道路で、自転車を乗り回して練習していた昔を思いだした。誰にも邪魔されずに自由に練習できたその道路と、そのとき目にした道幅の違いに戸惑ったことがある。予想以上に狭かったからである。「そうなのよね」と、実感のこもった返事をする。記憶に残る道幅との格差は、彼だけではなかった。

敗戦後しばらくは、郷里の親元から大学へ通う。自宅から駅までは、徒歩で小一時間。結構な道のりであった。帰途、駅をでて、しばらくは平坦な街並みが続くものの、やがては坂道となり、その坂を登りつめて、やっと下りになってからわが家に到着する。昔はバスが通っていた。そして、戦時中は木炭バスに変わっていたが、ついには、それさえもなくなってしまい、頼りになるのはただひとつ。自分の足で歩く以外に方法はなかった。

坂を登りつめ、下りにかかる丁度その両側が切り通しになっていた。雑草に覆われた斜面には、四季折々に、それなりの彩りが添えられていた。ある日、その斜面を登ってみたら、五弁の小さなそして真白なつる薔薇の花を見つけて歓喜した。

　正式な名前は知らない。でも、富士山麓にしか咲かないこの富士バラは、三年間の青春を過ごしたわが母校、すなわち旧制静岡高等学校の校章そのものであったからである。話に聞いてはいたが、見るのは初めて。白線帽の中央を飾ってくれたあの富士バラが、わが家の近くに咲いているとは！感激以外のなにものでもなかった。一株採って自宅に持ち帰り、庭に移植した。

　そんな田舎での生活を数年間過ごしたあと、私もまた故郷に別れを告げ、ひとりの社会人として都会での生活にはいっていった。何十年ぶりかで田舎を訪れる。移植したあの可憐な富士バラも、大きくなっているだろうなといった期待も虚しく、すでにかつてのわが家の庭からは姿を消し、そこはガレージに変わっていた。「あの薔薇、どうしたの？」と聞く元気もなかった。会いたければ、切り通しへいけばいい。

　昔のように、徒歩でトボトボと切り通しに向かえばすむことである。もっとも、歩行に困難を伴ういま、いけるかどうかはわからない。でも、いけば必ず富士バラに会える。いつか必ず会いにいこう。

　今年の八月、弟の三回忌の法要があり、列席するためにまた田舎を訪れた。無事に法要を済ませたあと、気になる郷里の変化を末の弟にあれこれと質問してみた。六〇余年前の経験を男同士として共有しているのは、この弟しかいなかった。地図を書き、ここはどうなっているの？　あすこは？と畳みかけるように質問は続いた。

　法事も無事に終わり、亡くなった弟の自宅を車で訪れる折、末の弟はわざわざ遠回りしてくれ、先ほど話題にのぼった現地に私を連れていってくれた。でもそこには、通い慣れたかつての道はなかった。東名高速道路で完全に遮断されていたからである。目の前に立ちふさがる高速道路の土床を見て声を失った。過去の思い出を遮断するかのように、そこは完全に閉鎖されてしまっていたからである。恋人のような富士バラとの再会は、もはや絶望となり、かなわぬ夢に終わってしまっていた。

　かつての中学生時代に、こんな文章を読んだ記憶がある。大町桂月だったか「国敗れて山河ありといえども、天上の名月の永遠に変らざるにくらぶれば、山河もまた滄桑の変あるを免れず」といった一文がこれである。記憶だけでの再現なので、文章としての正確さは保証しないが、「そうなのか。自然もまた変わるのか」と、妙に感心し強い印象を与えられたことがあった。そして、その現実の姿が、この切り通しであった。

　狭くはならないはずの道路だが、まったく無くなってしまうなどとは考えてもいなかった。それだけに、でてくる言葉はただひとつ。「有難う！」。思い出との再会を実現させてくれた弟の好意に対してである。もう残るものは、なにもない。あるとすれば、私の記憶のなかだけとなってしまった。

（二〇一〇・八・二三）

《落穂拾い》

先日、娘がこんな話をしていた。年齢をとったら、いまの軽井沢のマンションの代わりに、木造一戸建ての別荘を建て、赤々と燃える暖炉の前でワインをかたむけたいと、そうお父様がいっているとのことである。横からひとこと、余計なことを伝えておいた。いつか役に立つかもしれない。そんな思いもあってのことである。

暖炉用の薪を、すべて購入するつもりなら問題はないが、さもないかぎり、夏のうちから準備しておく必要もでてくる。切り倒した木を一定の長さに切断し、薪割りで割って積み上げておかなければ冬場の役にはたたない。これが大変な仕事なの。それに薪を割るとき、根元に近いほうから割るの、それとも逆に先のほうから割るの、そのどちらが割りやすいと思う？「木もと竹うら」といって、木は根元に近いほうから、竹は先端からのほうが割りやすい。戸建の別荘ができたときの準備として憶えておいて。役にたつことになるかも知れないから。

これ、短い期間ではあったが、郷里で戦後の一時期を過ごしていたときに教えられた事柄である。なんにもなかった敗戦後、一年分の燃料を、わが家の持ち山から切り出して自宅まで運び、薪にしていたときの経験と思い出である。こんな古い昔話を娘に伝えるとは思ってもいなかった。もっとも、全部購入すれば問題もないことである。でも、知っておいても損にはならないとはいえるようである。

先日、田園調布に住む孫宅を訪れた。大きな暖炉に薪が赤々と燃えていた。「エッ！　この薪、どうして手にいれたの？」。聞けば、近くに販売店があるとのこと。ウルトラモダンな住宅地で、古風な燃料が販売されているとは知らなかった。でも考えてみたら、エアコンの生活よりも、こちらのほうがよりモダンなのかもしれない。

【追　記】

軽井沢のマンションの代わりに、いよいよ一戸建ちが登場するらしい。目下、具体化に向かって進行中と聞いている。親子四代の共存を考えてのことなのだそうである。余慶を受ける当方、申し訳ないかぎり、恐縮の一語に尽きる。

（二〇一三・一二・一一）

雲の彼方

一通の封書が届けられた。出欠の有無を問う葉書が同封されていた。でも、復信の記入欄には出席の有無ではなく、出欠の可能性の有無を問う形になっていた。珍しいスタイルの問合せである。差出人は、旧制静岡高等学校同窓会。創立八八周年記念大会を一一月五日の午前一一時から、品川のプリンスホテルで開催する予定だが、今回の大会が最後になる。この記念すべき大会を成功裡に終わらせたい。そのための予備調査であると記されていた。それで「出席の予定」を問いあわせてきたということである。

すでに小学校時代の同窓会も解散し、剣道部も影が薄くなり、加えて高等学校時代の同期による定例総会も、今年で最後とのこと。つぎからつぎへと消えていくものの多さに、惜別の情ひとしおである。悟ったみたいに平家物語を思いだし、「会者定離」などと口にはするものの、再会の機会のない別れとは侘しいものである。

八八周年記念大会といわれて気がついた。ということは、母校は大正一一年（一九二二年）創立ということになる。高等学校令（一八九四年六月二五日勅令七五号）により最初にできた旧制高等学校が第一高等学校（いまの東京大学教養学部）であり、同校が明治二七年（一八九四年）の九月に創立されたのに比べれば、八八年はまだまだ若いとは思う。でも、三年制最後の高校生を送りだしたのが昭和二五年（一九五〇年）となると、教育機関として機能した期間は僅か三〇年であり、短い人生、いや短い校生（?）であった。

そんなに短い期間で、母校はその姿を消していってしまったのかと、あらためて感慨にふけっている。でも、その最後の卒業生でさえ、すでに齢八〇歳を超えている。学校として若くても、卒業生は決して若くはない。最後の同窓会という選択も、やむをえなかったのかもしれない。一一月に終焉を迎えるというのも避けがたい選択のひとつであった。

過ぎ去った日々を振り返ってみた。母校の設立が認可されたのが、大正一一年の八月の二一日で、開校は同年の九月という記事を眼にした。「そうなの」とは思いながらも、この記録を見て一寸戸惑ったことがある。「九月入学だったのかな?」。

かつて、九月入学・九月卒業といった時代があった。それなのかとも思ってみたが、大正八年（一九一九年）の時点で、すべての官立学校は、すでに九月入学から四月入学に変更されている。したがって、わが母校に九月入学ということはありえない。となると、一一年の九月に開校はしているが、最初の入学生を迎えたのは、一二年四月と理解するのが素直ともなってくる。そして、最後の卒業生がでたのが昭和二五年三月。ここで、三〇年の短い歴史に幕がおりたというわけである。

　植物学の泰斗牧野富太郎博士によって選定された富士バラの徽章が、二本の白線とともに頭上を飾ったのは僅か三〇年であったのか。哀惜の情、ひとしおである。でも、一高・浦高・静高と、東大合格者のベストースリーに名を連ねてきたことを思えば、高等学校として、それなりの機能と教育効果とを収めてきたとはいえるようである。

　英語を第一外国語とする文科のクラスが文甲、ドイツ語が文乙、フランス語が文丙と呼ばれて、三種類のクラスわけがなされていた。定員は各クラスとも四〇名。加えて、大方の高等学校は乙どまりで、丙まであったのはナンバーースクールを別にすれば、静高のほか二・三の高校のみであった。そしてそれも、やがては廃止される運命を辿り、私が入学した時点での文科は、文乙さえもその姿を消して一クラスしかなかった。

　三〇年の校史のなかで、入学時の文科が一クラスというのは私たちだけであって、他に例をみない。極端に虐げられたクラスなのか。あるいは逆に、ウルトラーエリートの集団であったのか。五五〇名の受験者中、合格者は僅か三四名。それを考えると、後者なのかなとも思うが、私にとってそれは、前者以外の何者でもなかった。文科さえ削減しておけば、それで国策に沿うとでも思っていたのだろうか。そうだとすれば、当時の文部当局は大きな間違いを犯していた。ともあれ、三〇年の歴史のなかで、唯一の例外であり、記録に残る貴重なクラスが私たち文科生であった。

先月の二二日、例によって同期と学士会館で昼食を共にする。身体が不調でもないかぎり、毎月必ず参加するようにしている。ただ私自身、耳に故障があり、かてて加えて寡黙な面もあるためか、あまり会話に参加していない。いや、参加できないでいる。なんとはなしに聞いていたら、どうも話の内容は静高受験当時のことのようである。そこで聞いてみた。「四修で受けたの?」。

私もまた、四修で受験している。とはいうものの、見事に不合格。合格の栄冠への道は遠かった。彼もそうだった。不合格の原因は、日本史にあったと分析していたが、私にとって日本史に失敗したという記憶はない。決定的な原因は数学であった。ともに落ちた結果は同じでも、その原因は各人各様のようであった。

数学の一題は、前年の東京高等師範学校（現在の筑波大学）にでたのと同一の問題であり、迷わず答えを書いている。でも、残りの二題については疑心暗鬼。絶対に大丈夫という自信はなかった。やっぱり、不合格であった。この失敗、いたく身に沁み、かつて公刊した随筆集「かすみ草」のなかでも書いている。

二人とも、お互いに面識もないまま再度静高に挑戦し、そして今度は、ともに無事に合格している。日本史の成績がよかったのかもしれないが、少なくとも私が合格の栄に輝いたのは、やはり数学の解答であった。いずれにせよ私たち二人は、昭和一八年四月に四修で入学という機会を失い、翌一九年の四月に、あらためて静高の門をくぐることになった。

なにがきっかけで入試の話がでたのかは、耳の悪い私は聞き漏らしているが、「一九年入学でよかったと思わない？　一八年だったら、静岡には二年しかいられなかった。一年遅れたお陰で、三年間静岡におれたのだから、喜びとしなければ……」。私からのこんな言葉に、彼も反論しなかった。

ここで一寸、若干の説明を必要とするようである。旧制高等学校の在学期間は三年である。でも、戦況が不利になるにつれて、この三年の在学期間が、昭和一五年の入学組からは二年半に短縮され、挙句の果ては二年にまで縮小されてしまった。そして、この二年の在学期間を適用された唯一の年度が、一八年の入学組であった。

「一年早く卒業できたのなら、それでいいじゃないの」と、簡単にいわないで欲しい。昭和一六年一二月の大東亜戦争勃発以降、華々しかったのは緒戦だけ。三年目の一八年には、ガダルカナルからの撤退や、ニューギニアやアッツでの玉砕といった不利な戦局がつぎからつぎへと続き、挙句の果ては、連合艦隊司令長官山本五十六の撃墜死といった事件もあり、血湧き肉踊るようなニュースはひとつもなかった。

在学生として、書斎で静かに時を過ごすことなどは夢のまた夢。それまでの学徒に与えられていた徴兵猶予の恩典も廃止され、明治神宮外苑陸上競技場では出陣学徒壮行会が行われ、多くの先輩が入隊していったのも、この年の一〇月であった。

そして、一八年も終わろうとする一二月二四日。徴兵適齢年齢臨時特例によって、それまで満二〇歳であった徴兵年齢が一九歳へと引き下げられ、若い世代はあげて軍に呼びだされることになっていった。それもこれも、すべてはこの昭和一八年のことなのである。

この年に入学していれば、在学期間は二年。二〇年の三月には高校を去っていかなければならなかった。そして、二〇年三月といえば、八月の敗戦まで残すところ五ヶ月余。落ち着いて教室で受講する機会も減り、軍需工場に動員されていたときでもあった。

過酷な戦時体制下での二年間。加えて、卒業後大学への進学は配給制。自由に志望学部を選べるわけでもなかった。配給制ってなに？　と聞かれるかもしれない。配給制といった表現は、私が勝手に使っているだけであって、客観性があるわけではない。

もともと旧帝国大学は、高校生全員を受けいれるシステムとなっていた。したがって、志望学部に偏りさえなければ、全員が無事に入学できた。でも、志望学部に偏りが生ずるのは当然のこと。そのため入試を行う学部もあり、失敗すれば白線浪人ということになる。

でも戦時下のこと、自己の意思貫徹のため、浪人してまで志望学部を狙う、といったゆとりなどは許されなかった。なにが基準になってのことなのかは知らないが、篩い分けの作業が行われ、文科出身者であるにもかかわらず医科大学に回された例もある。悲喜こもごもの指定制であった。それを私は配給制と称しているが、自分の行く末さえも、他によって規制されたのがこの年である。およそ規制そのものを好まない高校生にとって、それは、まったく馴染まない制度であった。

そして、この一八年入学組は、これらの諸条件あるいは諸制約から逃れられないまま、学窓をあとにしていった。入学から卒業までを通して全部戦時下。しかも、負け戦ばかり。希望した大学にもいけず、高校生活の多くは工場動員。一八年組にとって、懐かしい思い出に残る高校生活ってなんであったのだろう？　心に残る良い思い出もなく、高校生活を終えていかざるをえなかったのではなかったのか。そのように後輩は思う。

そんな高校生活であるよりは、たとえ卒業が一年延びたにもせよ、敗戦後のほぼ一年半は、自由に好きなことを勉強できた。趣味であった古代建築史の論文を書いたり、寝転んだまま、辞書も引かずにドイツ語で書かれた政治学のテキストを、スラスラすらと読めたのもこの時期であった。そしてそのことがまた、法学部法律学科受験の折、私一人だけがドイツ語を選択した大きな動機ともなっていた。

一八年入学に失敗はしたものの、一九年組として、戦後の高校生活を享受できたことは、幸せとしなければならない。「三年間、静岡におれたのだからいいじゃないの」とする言葉の裏には、そうした万感の思いが隠されていた。
一八年に、四修で入学できなかったことは真実悔しい。四修で入学できるほどの秀才でありたかった。それはわかる。でも、「一九年にした方がいいよ」と、誰かが遠い雲の彼方で教えてくれていたのかもしれない。一九年組であることを後悔してはいない。

（二〇一〇・三・二三）

後会期遙

これで「こうくわいときはるかなり」と読むのだそうである。和漢朗詠集　餞別　に掲載された大江朝綱（八八六年（仁和二年）～九五八年一月二五日（天徳元年一二月二八日））の漢詩である。朝綱については、平安時代中期の学者であり書道家でもあった、といった程度の知識しか持ちあわせていない。ただこの漢詩、任地へ赴くときに詠んだ詩と記憶しているので、あるいは官吏であったのかもしれない。

いずれにせよ、この詩を憶えたのは中学二年生のときであった。いまから丁度七〇年前、漢文か国語の教科書を通じて知った知識である。随分昔のことであるが、それでも不確かながらも記憶しているところをみると、よほどこの詩が印象的であったのだろう。折角だから再現しておく。

前途程遠　馳思於雁山之暮雲
後会期遥　霑纓於鴻臚之暁涙

というのがこれである。もっとも、書いてはみたものの「全然わからない。読めないよ」といった反応が予想されないわけではない。となると、なんのための再現なのか。再現した意味もなくなってくる。そこで、オールひらがなで表示することにするが、その表現そのものが、かつて私が学んだときの記憶と必ずしも一致していない。違っている面もあるので、若干困惑もしている。とはいうものの、ともかく先に調べたほうから再現しておこう。

ぜんとみちとほし
おもひをがんざんのぼうんにはせ
こうくわいときはるかなり
えいをかうろのあかつきのなみだにうるほす

というのがこれである。
ところで、私の記憶に残るこの漢詩の表現は、これとは若干違う。というよりも、読み方が違っていた。そこで、私の記憶のほうを再現すると、つぎのようになってくる。ただ、私の記憶した部分については、先の表現と区別するために片仮名で表記することにしたい。

ゼントホドトウシ
オモイヲガンザンノユウベノクモニハス
コウカイキハルカナリ

となり、同じなのは最後の一節だけであった。

中学二年生といえば一五歳。そんな若さで、なんでこんな別離の漢詩を、しかもたった一度の授業だけで覚えているの？　そう聞かれたら、どう答えたらいいのだろう。秀才だったから？　呵々！　そんなことはありえない。

三年生の夏、一六年間住み慣れた町をあとにして、私は他県の中学校へと転校している。晩年になって同窓会に呼ばれ、再訪するまでの間に一度もこの町を訪れることはなかった。でも、いってみたいという気持ちは不断に持ち続けていた。級友と別れなければならなかった寂しさが、あるいはこの詩を記憶させていた原動力であったのかもしれない。

別離の寂寥感と再会への期待、そういった複雑な心情を表現するのに、これは最適の漢詩であるといえる。ひょっとして、密かに慕情を寄せる異性にこの詩を贈ったら、相手方が「感激してくれるのかもしれないな」などと、そんな思いを抱きはしたものの、それが効果的であるためには、その相手方がこの漢詩を知り、しかも理解できることが先決となってくる。逆に、相手方が知らなければ、馬の耳に念仏、コメディーということにもなりかねない。

二冊目の随筆集である「勿忘草」のなかで、小学校唱歌「青葉の笛」について触れたことがあった。平家一門の都落ちの折、途中から京都に引き返した平　忠度が、和歌の恩師である藤原俊成宅を訪れ

行き暮れて　木の下影を　宿とせば
花や今宵の　あるじならまし

という和歌を残していったあのシーン、それをめぐる唱歌についてであった。

その「青葉の笛」の一節に、「わが師に託せし言の葉あわれ」というのがある。忠度が、その師俊成に渡したその「言の葉」が、「行き暮れて……」であり、受け取った俊成は、「かかる忘れ形見を賜りおき候ひぬる上は、ゆめゆめ疎略を存ずまじう候」と答えたと、平家物語　忠度の都落ち　巻第七に載っている。今生の別れとなるこのひととき、師である俊成のこの言葉は、弟子忠度に対する、せめてもの餞であったのかもしれない。

さらに平家物語は、つぎのようにも続いている。「これから西海に身を沈めるのか、山野に屍をさらすのか、それはわかりません。でももう、この憂き世に未練はございません。それでは、お暇申し上げます」と、馬に乗り甲（かぶと）の緒を締めて忠度は、西へと向っていったと書かれている。

原文は、もっともっと格調高く優雅に表現されているが、そのまま紹介したのでは理解が困難といわれそうなので、下手な現代語訳で恐縮だったが、私なりに訳しておいた。大方の雰囲気は味わって頂けたかと思う。

そして、問題なのはこれから。恩師に和歌を託したあと、先に西国へと赴いた平家一族のあとを追う忠度が、「前途程遠し、思ひを雁山の夕べの雲に馳す」と、馬上で「高らかに口ずさみ給へば、俊成卿いとど名残を惜しうおぼえて、涙を押さえてぞいり給う」と続いてくる。

正直にいって、「青葉の笛」を通じて知っていたのは、和歌を師に託するところまでであり、そのあと師の宅を辞するにあたって、忠度の口から「後会期遥かなり」がでてきたことは知らなかった。それにしても、「師弟間に共通の認識があってよかったね」といったら、「馬鹿にしないで」といわれそうである。一方通行であったら、平家物語も書けなかったからである。

加えて、慕情を寄せる手立てもなくなってくる。中学時代の学習のお陰で、私は忠度の代役を演ずることはできても、俊成卿を演ずる相手役に欠ける。その知識なしでは、単なる悲劇に終わってしまうからである。いや、逆に喜劇なのかもしれない。でも、そのような共通の場の共有を現代に求めるのは、もう困難なようである。なぜか、侘しい時代になってきた。

（二〇一〇・三・一一）

《落葉拾い》

忠度が俊成に渡した和歌は複数あった。そのときの情景を、先の「青葉の笛」はつぎのように描いている。「今わの際まで持ちし箙に　残れるは花や今宵の夢」とあるのがこれである。

俊成によって千載和歌集が完成したとき、世はすでに平氏滅亡・源氏の世となっていた。あからさまに忠度の名前を載せうる雰囲気にはなかった。

そこで、詠み人知らずとして掲載されたのが「ささ波や　志賀の都は　あれにしを　昔ながらの山さくらかな」であった。俊成の忠度へのせめてもの思いやりであった。

これから先は憶測の域をでないが、変わることのない山桜と同じように、変わらぬ平家一門の繁栄を願っていたのかもしれない。

大元帥

明治一五年（一八八二年）の一月四日に、明治天皇によって、陸海軍の軍人に下賜された「陸海軍人に賜はりたる勅諭」というのがあった。一般的には「軍人勅諭」と略称されているが、どんな内容なのと聞かれれば、簡単にいって軍人に対する行動規範みたいなものであった。でも、そうした規範的な呼びかけに、軍人側がどれだけまともに応えたのかとなると、聞きっぱなし、いわれっぱなしの感じがしないわけでもなかった。とくに「世論に惑はず、政治に係わらず、只々一途に己が本分の忠節を守り」とされていたのにもかかわらず、軍人による政治への介入が、結果として大日本帝国崩壊へと導いていった。このことは、歴史の示す冷厳な事実であったからである。

なんのために、軍人でもない中学生にまで全文の暗記を求めたのか。求めたほうこそが、聞きっぱなし、いわれっぱなしではなかったのか。組閣に当たり陸軍大臣の選出を拒否し、結果的に倒閣に組しながら、「政治に係わらず」といった台詞が、どこからでてくるのか。やはり聞きっぱなしであったといわざるをえない。それはともかく、この軍人勅諭の前文に「朕は汝等軍人の大元帥なるぞ」という一節があった。今回は、それをここでの対象にしたい。

とはいっても、いまの方にとってはなんのことやら、まったく無縁の事柄なのかもしれないし、話題や関心の対象にさえもならないこととも思われる。そこで、そうした無関心派を、少しでもあるいは無理してでも、ここでの話題にひきこむために、少しく解説するわがままを許されたい。

かつての大日本帝国憲法一条には、「大日本帝国ハ萬世一系ノ天皇コレヲ統治ス」とあった。そして、その統治の主体である天皇は、「陸海軍ヲ統率ス」（五条）とあって、全軍の最高位すなわちその頂点に位置すると法定されていた。

昭和二二年（一九四七年）に、敗戦によって明治憲法がその姿を消し、現行憲法に変わるまでの天皇の地位や権限とは、そういったものであった。だからこそ、「朕は汝等軍人の大元帥なるぞ」ともいえたわけである。もっともここまでいっても、大元帥ってなんなのといった質問はでてこよう。

この言葉のもつ意味や性格については、そのこと自身、明治以降にも若干の紆余曲折があったし、それだけに、一律にはいいにくい面もあるが、簡単にいってしまえば、つぎのようにはいえるようである。すなわち、階級社会である軍隊で、その最高位につくのが元帥であった。日本海海戦で勝利を収めた連合艦隊司令長官が東郷平八郎元帥、同じく日露戦争で満洲軍総司令官として、帝政ロシアに勝ったのが大山　巌元帥である。そういった歴史上の人物の名前を例示すれば、元帥に関するおよその理解はえられることになるであろうと思われる。いわば、その階級の最高位が元帥であったが、さらにその元帥をも統率するのが大元帥すなわち天皇ということになっていた。元帥には複数人が存在しえたにしても、大元帥は天皇一人きりであり、加えて「天皇ハ神聖ニシテ侵スヘカラス」（三条）とされていた。となると、天皇の大元帥という地位が、いかに偉大なものであるのかは想像して頂けたかと思う。

ところで、「なにをいいたいの」といった質問がでてくる前に、もう一点、脱線しておきたいことがある。軍人の階級を、たとえば下級将校だけにかぎって再現すると、大尉・中尉・少尉という階級があった。そこでこれ、「なんと読むの？」と聞けば、「タイイ」・「チュウイ」・「ショウイ」といった返事が返ってくることであろう。その読み方に間違いはないし、そのとおりである。ただ、問題なのはそのつぎ。それなら「大元帥」はなんと読むのと聞けば、おそらく「ダイゲンスイ」という答えが返ってくることであろうと思うし、そのこと自体に、また格別の問題があるわけでもない。となると、「なにが問題なの？」と反論されそうである。これらの読み方は、そのいずれもが正解であるし、またそうであろうとは思うものの、実はそうではなかった時代があった。それをいいたかっただけである。

ところで、今日は七月七日。七夕の日である。でも私は、別の意味でこの日を迎えている。七〇余年前の昭和一二年（一九三七年）の七月七日、盧溝橋での銃声一発をきっかけに、支那事変が始まっていった。当初は不拡大のはずであったこの事変も、やがては大東亜戦争すなわち第二次世界大戦にまで広がり、あわせて九年間にわたる長期戦へとつながっていった。

そして一番大事な成長期を、私はこの戦時下で過ごしてきている。それだけではなかった。最終的には、学業半ばで入隊することにもなった。そのきっかけが、まさしく七〇余年前の今日のこの日、すなわち七月の七日であった。忘れられない日である。

新聞を見ても、そんな回顧的な記事はもう見られない。でも、敗戦を経験した私たち世代にとって、それまでの九年間には、いろんな経験をしてきている。そこで、そのなかのひとつを再現し、記録しておきたくて脱線し、遠回りしながらこの原稿を書いているわけである。

元へ返ろう。答えは「ダイゲンスイ」が正解であるし、またそれで妨げないとは思うのだが、実はそれが戦時中は許されなかった。「ダイゲンスイ」ではなくて、「タイゲンスイ」と読まなければならないというのである。要は「チンハナンジラグンジンノタイゲンスイナルゾ」が正解であったし、またそう読むように義務付けられていたからである。

「どうして？」、「なぜ？」、「なにをいいたいの？」といった質問が、矢継ぎばやにでてくることになるであろう。そうなんです。本当に「おかしい」と思うでしょう。それが自然の反応であろうとは思うのですが、その自然な反応が自然なこととして通用しなかったのが、かつての戦時下の現実であったのです。

大の対義語は小。大小という言葉のあることは誰でも知っている。そこで、大元帥を「ダイゲンスイ」と発音すると、その対義語として「ショウゲンスイ」の登場が予想されてくる。でもわが国で、大元帥といえば天皇一人きりであり、その一人きりの天皇に対応する形で、小元帥を予想させるような読み方は畏れ多いし、また不敬でもある。そこで、相対的ではなくて絶対的であるためには、「ダイ」ではなくて、対義語を欠く「タイ」と発音し、「朕は汝等軍人のタイゲンスイなるぞ」というべきであるとされていた。

軍の首脳部が考えたことなのか、あるいは軍部に密接な学者の発案でそうなったのか、その辺の事情は知りうべくもないが、真顔でそうした読み方が強制されていたのも事実である。もっとも、こんな話をすれば、なんという単細胞的な発想と、いまの方たちに笑われることになるのかもしれないし、また笑われても致し方ないところであるが、それがかつての現実でもあった。

「ハイ、そうですか」と素直に聞いていれば、心優しき少年となりえたであろうものを、やはり一言いいたいことはあった。先の下級将校の読み方がこれである。そこでは、大尉と少尉とが対応しているが、その読み方は、「タイイ」ではあっても、「ダイイ」ではない。大小の対義語が不敬であるとして、「タイゲンスイ」と呼ばなければならないのなら、下級将校である大尉を「タイイ」と呼ぶのは、不敬極まりないことになってくるはずである。そうではないの、といった疑問が頭をもたげてきたからである。

流石にその点は、軍部も意識していたようである。そこで「タイイ」ではなくて、「ダイイ」と呼べとされ、事実そう呼ばれていたこともあった。でも、この読み替えは大尉どまりであって、さらなる上官である大佐・大将にまでおよぶことはなかった。「ダイサ」・「ダイショウ」といわされた記憶はないからである。中途半端な対応策である事実は否めなかった。

この世の中には、ときに応じて当意即妙に対応できる機敏な人はいる。頭がいいのかもしれない。でもそれが、逆に気になるところである。自分の発言がどんな形で、あるいはどんな波紋をもたらしていくのか。その行く末を考えて、そうした発言をされているのか。そういった疑問はいつも抱かされているからである。

私のような子供でさえも「おかしいのでは?」と思うような理屈を、真面目な顔をして説く軍人あるいは御用学者ってなんなのか。そうすることが、只々「己が本分の忠節」を尽くすためのいき方であったのだろうか。そうだとすれば、焦点のずれが気になってくるし、それよりもなによりも大切なのは、素早く時流にのる頭のよさが気になってくる。でも大事なことは、バランス感覚にあると私はそのように思っている。

（二〇一一・七・七）

《落葉拾い》

陸軍による組閣の阻止ってなんなの、といった質問がでてくるのかもしれない。小学校五年生のとき、新聞で知った事柄であるが、浜口雄幸首相が病のため辞任したあと、次期総理のお鉢は、同内閣の陸軍大臣であった宇垣一成に回ってきた。事実、組閣の大命もくだされていたが、当時の陸軍は、宇垣に代わって新陸軍大臣を組閣に参加させることを拒否した。理由は、宇垣の陸軍に対するかつての対応、たとえば軍縮への反感があってのことだったらしい。陸相を欠いての組閣は許されない。結局、宇垣は組閣を断念するほかなかった。江戸の仇を長崎でうたれたみたいなものである。これで政治に口をだすなという軍人勅諭が、いかに無視されていたか。お分かり頂けたかと思う。

ところで、浜口雄幸と聞いてなにか思いだしませんか？　刑法ゼミの諸兄姉なら、気がつきますよね。東京駅で、浜口は凶弾に倒れています。その傷と余病の併発との間に相当因果関係はないとした、著名な先例がでたのですが、それがこの事件でした。条件説が花盛りの判例にとって、数少ない相当説の先例です。

一銭五厘

コンビニで、デジタルカメラで撮った映像の焼付けを済ませて帰る途中、大好きなチョコレートでもと思いながら陳列棚へむかっていったら、そこにある黄色い立方体が目にとまった。「エッ、こんなものがまだあるの?」。手にとって確かめてみる。エンジェルマークの森永ミルクキャラメルであった。とっくに、無くなっていると思っていたキャラメルとの再会には、驚きと懐かしさが交錯した。

子供の頃、このキャラメルには大小の二種類があった。大の方が二〇個入りで一〇銭、小が一〇個入りで五銭。したがって、一個の単価は五厘であった。といっても、いまの方たちには理解を超える単位なのかもしれない。

いまどき「銭」とか「厘」なんて貨幣単位は、株価の市況ニュースでもなければ耳にすることもない。また聞かされても、記憶に残るような単位なのかといった不安は残る。それくらい過去の単位になってしまったが、その昔、武内宿禰の肖像画が載っていた日本銀行兌換券が一円紙幣、その一円紙幣の一〇〇分の一が一銭、一銭の一〇分の一が一厘であった。

詩人のサトウハチローが、父紅緑との確執で家を飛びだして放浪していた頃、一日五銭もあれば、なんとか食べていかれたという記事を読んだことがある。いまから考えると、夢みたいに生活しやすかった時代の一銭ではあるが、それにしても、半日で終わる子供の遠足に、キャラメル二〇個は必要ではなかった。幼稚園の遠足で、持っていけたのは五銭のほう、一〇銭は対象外であった。

もっとも、この一〇銭・二〇個入りのキャラメルも、戦局が厳しくなるにつれて、定価そのものに変わりはなかったものの、やがて中身が一八個から一六個へと、徐々に減っていった。実質的な値上げである。そこで計算してみた。二〇個で一〇銭なら、一個は五厘、それが一六個に減ると一個の単価は八厘となり、実に六〇パーセントの大幅値上げになっていた。

懐かしさも手伝って、迷わず購入して帰宅する。一箱一二個入りで、値段は一二〇円。一個が一〇円ということになる。先の武内宿禰時代と比較すると、キャラメル一個の単価は、実に二〇〇〇倍の高さになっている。日本円って、そんなに価値が落ちたのかと思う反面、昔の銭厘時代に郷愁を感じた。加えて、キャラメルの厚さ自体も、スリムになっているような気もする。昔はもっと歯ごたえがあったのに……

もっとも、キャラメルの回顧がここでの主題なのではない。実はキャラメルをきっかけに、別に思いだしたことがあり、それをいいたくて、キャラメルにこだわっただけのことである。

今日は一二月の八日。といっても、「それがどうしたの？」といわれそうな気もする。あれから、もう六八年が経過している。「それがどうしたの？」と聞かれても致しかたないくらい、時は流れていった。でも私には、やはり忘れられない日である。

そう、この日「八日未明、西太平洋ニオヒテ戦闘状態ニ入レリ」とする大本営陸・海軍部の発表は、わが国が第二次世界大戦、当時の表現によれば、大東亜戦争を始めたその日だったからである。西太平洋ってどこなのだろう？　日本の近海のことなのかなと思っていたら、真珠湾攻撃のことであった。「ハワイって西太平洋なの？」って疑問もあったが、そう呼ぶのが通例のようである。

緒戦の華々しい戦果に比べて、ミッドウエー海戦での敗北は、帝国陸・海軍終焉の日まで、あと四年余を残すのみとなった。ここでの敗北は、ひたすら極秘事項とされていたが、人の口に鍵はかけられない。海戦から帰えった将兵の口から、惨めな敗戦の結果は、それとなく巷間に伝わっていったからである。

そして戦雲ますます急を告げるある日、旧制静岡高等学校在学中の私もまた入隊を余儀なくされ、帝国陸軍の一員として軍務に服することになった。ただひょっとして、私の生涯を大きく変えたのかもしれないこの軍隊からの入隊通知が、どんなものであったのかはまったく知らないし、また見た記憶もない。在学中で故郷を離れていたためなのかもしれないが、この書類のイメジは浮かんでこない。

当時、召集令状・赤紙・一銭五厘といった三題噺みたいな言葉が使われていた。召集令状の色が赤であり、それが一銭五厘の葉書で郵送されてくる。だから、一銭五厘で軍隊に呼びだされて戦場へ。戦死すれば、キャラメル三個分の命がそこで失われる。「身を鴻毛の軽きに致す」とはいいながらも、あまりにも安いこの命に、こうした自嘲的な表現が流行していたのかもしれない。

私もまた、その口なのかと諦めたこともあったが、それにしてもやはり気になることがある。六〇余年も過ぎたいま、あらためて調べてみることにした。もともと召集令状とは、かつて軍隊生活を経験した方、すなわち在郷軍人に対する呼出状であり、それが赤色であったようである。したがって、召集令状と赤紙とを等記号で結びつけることはできる。

ここで、ちょっと脱線。召集と招集の違いをご存知ですか？　国会召集と国会招集。そのどちらが正解だと思いますか？　前者が正解です。召集とは、上級者が下級者を呼び集めるための用語例だからです。ところで、その上級者って誰？　ご推測に任せます。

元へ戻ろう。召集令状と赤紙とを、等記号で結びつけるのはいいとしても、この令状は本人に直接手渡すのが原則であり、郵送に頼ることはなかった。加えて、支那事変の始まった昭和一二年（一九三七年）当時、葉書一枚はすでに二銭に値上がりし、決して一銭五厘ではなかったはずである。それに、私のように初めて入隊する現役組が、召集令状で呼びだされることもありえない。それだけに、どんな書類で呼びだされたのだろうか？　そういった疑問を抱いたのも自然であった。でも、それへの答えを見つけることはなかった。

「現役兵トシテ……入営ヲ命ス」という、入営命令書というのがあったらしい。それぐらいしかわからなかったが、これは赤紙でもなければ葉書でもなかった。加えて、私が入隊した頃の葉書は、もう五銭に値上がりしていたし、この命令書もまた本人への手渡しが原則であった。五銭葉書での郵送は考えられなかった。キャラメル三個分から一〇個分に格上げされたとはいうものの、葉書による入隊通知ではなかったのなら、その値段と人の生命とを比較すること自体が無意味なこととなってくるし、またその基準にもならない。ただ、直接手渡しともなれば、市役所や町村役場の兵事係の方が持参するほかはないし、また事実そうであったらしい。となると、通達のための費用はゼロといわざるをえなくなってくる。キャラメルよりも葉書よりも安い、わが生命であったのか？

（二〇一〇・一二・八）

《落穂拾い》

いまは完全に遮断されてしまったが、あの切り通しから、わが家へ向かう下り坂の左側に鎮守の森がある。入隊に際し、ここでご近所の方々に、お別れのご挨拶をしている。なにを話したのかは憶えていないが、いいたいことをいえる状況下にはない、といった自制心は働いていた。そのことだけは鮮明に覚えている。その鎮守様にも、このとき一度訪れただけ。そのあと、お参りする機会もない。

父と弟と一緒に連れ立って溝の口に向う。そこの連隊に入隊するためである。その間の経過を、私はいままで一度も口にしたことはないし、また随筆にも書いていない。でも、そのときの心情を後世に残しておこうかとも思い直し、なんどか書きかけてみたことはあったが、結局は書けずに終わっている。

書こうとすると、とめどもなく涙が流れてくる。現に、いまもそうである。あのときの父親の気持ち、そして私自身。言葉にいい表せない思いがある。客観的な視点にたって書き留めておくまでには、まだまだ時間がかかりそうである。あるいは生涯、書けないままで終わるのかもしれない。

話題を変えよう。私が初めて百円紙幣をみたのは、幼稚園児の頃だった。祖父が見せてくれたのだが、当時の恩給受給者は、いまの私たちすなわち年金受給者よりも豊かであったらしい。沢山ある百円札のなかから、その一枚を抜きだし、「これよ」と見せてくれたからである。

紫色の、いかにも重厚な感じのする紙幣であった。ちょっと、オーヴァーないい方かもしれないが、神々しいといった感じさえした。ただ、この記憶が正しいのかどうか。不安もあって調べてみたら、中央に百圓と縦書きされ、そのむかって右側に聖徳太子、左側に夢殿が配置された紫色の紙幣を見つけることができた。私の記憶に間違いはなかった。

ところで、当時の一〇〇円って、どれくらいの価値があったのかな？　使ったことのない私には想像もつかないが、その頃の神奈川県知事の年俸が六〇〇〇円。したがって、月平均五〇〇円であったという記録を目にすることができた。所得税が課せられるのは、月収一〇〇円からといった過去の記憶を思い起こすと、一〇〇円の価値も相当なもののようにも思われる。いまでは、バスにも乗れないが……。

飯骨柳

こう書いて、「なんと読みますか」と聞かれても、なじみのないこの言葉に、とまどいを感ずるのかもしれない。でもこれ、れっきとした日本語であり、戦前からとくに軍隊で使われていた表現である。「なんと読むの？」と聞かれれば、答えは「ハンコツリュウ」。それが正解である。それにしても、その実態はなんなのかといった、さらなる質問もでてこよう。答えなければなるまい。

最後に、柳という文字があるように、柳の枝で作られた製品である。となると、前にある飯という言葉に対応して、それは食物をいれる容器なのかと推測して頂けるのかもしれないし、この推測は当たっている。

もっともそういえば、「飯盒じゃなかったの」といわれそうである。これもまた正解である。ただ、飯盒なら煮炊きもできるが、飯骨柳は単なる容器。炊飯の便利さを考えたら、軍配は当然前者にあがるものの、私が入隊した当時、金属製品である飯盒が支給されることはなかった。

飯盒だけではなかった。水筒さえもゴム製であった。白兵戦の花形、牛蒡剣の姿など、そのかけらさえ見ることはできなかった。これが本土決戦のための第一戦部隊の装備であり、現実の姿であった。

ただ、正確にいうと、飯骨柳は飯盒の代用品なのではなく、両者共に併存していた時代があったようである。その併存時代から、金属不足に影響されて、飯盒がそして水筒さえも脱落していった。それが当時の経過であったといえるようである。

入隊したその夜、卓上にはお赤飯が準備されていた。物資不足のこの時代に、流石は帝国陸軍。新兵の入隊を赤飯で迎えてくれたのか。そう思って箸をつけたら、さに非ず。オール高粱ばかりの夕食であった。というよりも、それが高粱であることさえも知らなかった。在学中でもあり、寮生活での粗食に慣れていたとはいうものの、流石にこの高粱だけの夕食は咽喉を通らなかった。一口も口にせずに、入隊後最初の夜は更けていった。

訓練期間を終えて、現地すなわち房総半島南端の地へと赴任する。通常、軍隊が移動するとき、食事は飯盒にいれて移るのだが、その飯盒の支給がない以上、そのかわりを務めてくれたのがこの飯骨柳であった。そこに、二食分の食事をいれて移動した。

夕刻、任地に到着。といっても、しかるべき兵舎があるわけではない。私たち一個中隊は元の蚕糸小屋に宿泊し、そこで対戦車肉薄攻撃の特訓に励むことになる。特訓といった名前だけ聞けば、豪華な攻撃方法なのかと錯覚するのかもしれないが、実は爆薬を抱えて戦車に体当たりするだけのこと。およそ人命軽視の単純な攻撃方法の特訓であるに過ぎなかった。

任地に到着後、飯骨柳は三度の食事のときの食器代わりにつかわれることになった。主食はお米であったが、副食は汁物だけ。それも孟宗竹がお椀の代わりをしていた。竹である以上、先にいけばいくほど細くなる。ということは、汁ははいっていても実は入りにくいお椀もある。汁だけのことが多かったことになる。

食事の準備が終わると「よし」の一言で、全員が手を伸ばす。当然のことながら、早い者勝ちである。でも、先を争ってまで手をだす元気はなかった。しんがりの惨めさはいつものことである。実のない汁物が私にとって最大の活力源であった。

学生として寮の少ない食事に慣れていた私だったから、まだ耐えられた。田舎で農業を営んでいたら入隊させられ、実家で一升飯を食べていた同期にとっては、耐え難い食事であったのかもしれない。四六時中、飢えた兵士の姿がそこにあった。ザリガニを副食として提供されたのもこの頃である。なんの味覚も感じなかった。

お櫃を傍らに、当番兵に給仕させながら飽食する中隊長。いざ戦いが始まったら、最前線にでるのは誰なんだろう。飽食の中隊長なのか。飢えた兵なのか。

私自身、いつ将校になれるのか。それはわからなかった。でも、将校になったときの部下への接し方は、いつも考えていた。その意味で彼は、そのための反面教師であったのかもしれない。

（二〇一二・一一・一）

【追　記】

この話、家族に話したことはない。でも、たまたま訪ねてきた次女との会話のなかで、数十年前の思い出として語ったら、「現地に行ってみましょう」と早速手配してくれた。みんなで調べてくれた結果の報告もあり、車で行けるようにもしてくれた。そして私自身もまた、過去の記憶を頼りに現地の確認はしていた。でも、子供たちの好意に応えることはなかった。

（二〇一三・一二・一二）

残すなよ……

「残すなよ　米一粒も　農民（タミ）の汗」。このスローガン、いつの頃からどこで誰によっていい始められたのか。それは知らない。気になって調べてみたが、あれほど博識なパソコンでさえも、それに答えてはくれなかった。そこでいまの方に聞いてみたら、どんな反応が返ってくるのだろう。そんなことも考えてみたが、おそらく予想もしてないような回答が寄せられるのかもしれない。そんな古い昔の言葉であった。

昭和一二年七月七日、盧溝橋での銃声をきっかけに支那事変は始まった。当時、大陸に派遣された陸軍の戦時編成についての知識はないが、最終的には百万を超えていたとも聞いている。いずれにせよ、派遣した軍隊への補給の問題は考えなければならなかった。

こんな歌があった。「砲工歩騎の兵強く　連戦連勝せしことは　百難冒して輸送する　兵糧輜重のたまものぞ　忘するな一日遅れなば　一日たゆとう兵力を」というのがこれである。軍事力行使にともなって、糧秣等の補給の必要さをうたった歌である。さきのスローガンが、広く人々の口にのぼるようになったのも、そうした背景があってのことであった。

もっともそのために、ひもじい思いをさせられたのは私たち。僅かな配給量で日々を過ごさざるをえなくなってきたからである。でも結果的に、その補給戦にさえも敗れて、敗戦の日を迎えた。それが否定できない現実であった。

自由にお米を買えた時代も昭和一六年で終わり、この年、配給制度に変わっていった。当初は一日二合三勺であった配給量も、二〇年には二合一勺に減量された。もっとも、なにか比較になるものがないと、その実態を理解しにくいといわれそうな感じもする。そこで配給制実施以前の通常の家庭では、一日一人何合ぐらい食べていたのかな。どれくらいが平均的であったのだろうと思い返し、あれこれ調べてみたら一日三合という数字が見つかった。ということは、通常時の三割減しか配給されていなかったことになる。もっとも、ここまでいっても実感しえないという方のために、もうひとつ、身近な例をあげておこう。プロのお寿司屋さんが握ってくれる、具なしの御飯だけのお寿司が五貫で七勺。この七勺が配給一回分の食事の量と同じことになる。

これで満腹といえる方が何人いるかは知らない。でも、ほんとに五個のお寿司で満腹したといえるのだろうか。それは気になるところである。とくに勤労奉仕や工場動員で学業を投げだして働いた、いや働かされた青少年層、さらには軍事教練に追われた若い世代にとって、この量で充分とするのには無理があるようにも思われる。でもそれが、戦時下の実態であった。

腹八分目、医者いらずとはいうものの、毎回腹七分では空腹感から解放されることもなかったろう。正規の販売ルートにのらない、いわゆる闇米が横行するようになった。でも、闇米の購入は食管法違反である。警察による取り締まりも厳しかった。違法な闇米の購入を拒否し、配給米だけで生活されて衰弱し、亡くなられた裁判官の方もいた。「単に生きるのではなく、善く生きる」として、自己のフィロソヒィアに殉じたソクラテスのようないき方に、多くの人が心打たれた。

戦後の街頭録音で、当時の農林大臣が「私も闇米を食べています」と自認した。公衆の面前で担当官庁の長が違法行為を是認した正直さは買うが、闇米を買う必要のない社会に、早く戻してほしかったとは思った。でも、問題の食管法がなくなるまでには、なお多くのときの経過を待たなければならなかった。

最近は、旅にでることもない。したがって、経験豊富ともいい難いが、ときおり購入する駅弁の多くは、そのほとんどが紙製の容器に収められている。それが現状であり、格別どうこういうつもりもないが、昔はそのすべてが経木製であった。

蓋を開けると、経木の蓋のうらがわに、必ずお米の粒がついていた。食すべきか。食すまじきか。一瞬戸惑うところである。でも私には、そのまま蓋を捨てる元気はなかった。「残すなよ。米一粒も農民の汗」。スローガンのもたらす心理的拘束は大きかったようである。

今年になって三度ほど入院している。あわせて六〇日余りの間、病院食のご厄介になっているが、どの病院でも同じなのが一食一五〇グラム（約一合）。戦時中の健康な青少年でさえも一〇〇グラム（七勺）であった時代を考えると、病人にとってそれは充分過ぎるほど充分な量であったようである。

段々「残すなよ……」の話題から焦点がずれてきた感じもするが、もうひとつ余計なことの記述を許していただきたい。病院食には、毎回一六〇〇キロカロリーといった表示がなされていた。一回分にしては多すぎる。となると、おそらく一日分であろうと推測してみたが、それにつけても思いだされるのが受刑者の食事についてである。刑務作業の内容等によっても左右されて一律にはいかないが、一等食から五等食まであるなかで、最低の五等食は一七〇〇キロカロリーであった。病人より受刑者の方が優遇されていた。別に理由があるわけではないが、この差には若干の戸惑いも感じた。

（二〇一三・九・六）

半島

生まれてからの十数年間を千葉県で過ごしている。ここは別名房総半島ともいい、江戸時代の地名、安房・上総・下総に因んで、こう名づけられている。加えて、同じ総でも上と下との差があるのは、どちらが江戸に近いのか。それで決められていた。

父の転任に伴って奈良県内の中学校に転校した。四方を山に囲まれた奈良県のこと、半島とは縁がないものと思っていたら、お隣の三重と和歌山とを含めて紀伊半島という。となると、その中間にある奈良もまた半島の一部なのか？

和歌山県を流れる紀ノ川と三重県松坂市の櫛田川を結ぶラインの南側が、紀伊半島に属するのだそうである。したがって、この両県の間に挟まれる奈良県の吉野地方は別にして、このラインの北側の区域は紀伊半島ではなかった。となると、私の半島暮らしも千葉の十数年だけであり、あとはずっと、半島ならぬ日本列島すなわち島国育ちということになる。

でも、その短い半島暮らしのなかで、この房総半島にわが身を埋めなければならない時期があった。本土防衛の第一線部隊として、南房総に駐屯していたからである。連日、対戦車肉薄攻撃の訓練ばかり。そういえば聞こえはいいが、単純にいって爆薬持参の体当たり自殺攻撃訓練である。機体から離すことのできない爆薬を抱えて敵艦船に突入した特攻隊と、やっていることは同じである。新兵など、いくらでも補充できるとでも考えていたのだろうか。

真偽のほどは知らないが、米軍戦車によって一個師団が全滅させられたことがあるともなれば、こうした訓練に明け暮れするのもわからぬわけではないが、これで作戦といえるのかといった思いはあった。

午前中の訓練が終了したとき、師団司令部から伝令があり、付近の民家で陛下の放送を聞くようにという連絡があった。いわゆる玉音放送がこれであり、八月一五日のお昼のニュースの時間に放送された。天皇が、みずからマイクの前に立つと聞いて敗戦を直観した。そして結果は、予感どうりの敗戦であった。「これで学校に帰れる」。他人に話せる言葉ではなかったが、ようやく帰校の望みがかなえられた喜びは感じた。

敗戦の玉音放送を聞いた翌日、再び師団司令部から伝令があり、アメリカの機動部隊が上陸する可能性がある。これを「水際ニ於ヒテ撃滅セヨ」とする命令に接した。小銃弾五発を渡されて、上陸する米軍を撃滅すべく海浜へ、そこでの戦闘配備につくことになる。今流にいえば「マジカヨ」、「冗談でしょ」といいたいところである。沖縄戦で惨憺たる思いをしながら、たった五発の小銃弾で、上陸米軍を撃滅できるとでも思っていたのだろうか。もしそうなら、職業軍人の良識を疑う。

やがて、駐屯地である南三原（現在の南房総市）をあとにし、房総半島の東海岸を二日間かけて徒歩で北上したあと、部隊全員が夷隅郡大原町（現在のいすみ市）に集結する。命ながらえて、ここで部隊は解散ということになった。その意味でも、忘れられない土地である。後年、ゼミ生と一緒に、勝浦にあった行川アイランドを訪れ、フラミンゴの群舞をみながら、敗戦時のわが身を思いだした。ひょっとして、ここへはくることはなかったのかもしれないと思ったからである。

ここで筆を擱くかどうか。表題との関連でもう少し余計なことを書くか。若干迷いがないわけではなったが、思い切って筆を進めることにした。

ところでその半島という言葉、これまではなんとはなしに使ってきたが、ドイツ語で半島をHalbinselというと知って、気になってきた。もっとも考えてみれば、日本語でも半島。ドイツ語でも同じ意味である。Halbとは英語でいうhalfのこと、Inselとは島の意味だからである。日独共通であるのなら、なにもいまさら思い悩む必要もなかったはずである。だが、なぜか気にはなっている。なぜ、島の半分なの？　あるいは半分の島なのか？

四方を水で囲まれているのが島であるのなら、逆に四／四でなければ、島とは呼ばないというのはわかる。でも半島とは、三方位を水に囲まれた区域をいうというのが、その定義なのだそうである。となると、この定義からみて半島といういい方は正しくない。いうなれば、三／四島というのが正解であろう。もっともそういえば、またそんな余計なことをいう。うるさいことなどいわないでと叱られそうである。

もともとよりそれは、予定にいれての発言であるが、それにしても英語のほうがクレームをつけにくい。それだけに、まだしも無難な感じもする。peninsulaという言葉を分解すると、それはpeneとinsulaからできあがり、前のpeneとは「ほとんど」といった意味であり、後半のinsulaとは「島」のこと。語感からいえば、こちらのほうが理解しやすいからである。「ほとんど」とはいっていても、「半分」とは限定していないからである。

ここでまた、もうひとつ余計なこと。千葉県って半島ではなくて島なんじゃないのと、かつてそんなことを思ったことがあった。小学生の頃である。太平洋と東京湾のほかに、利根川と江戸川とで四囲を水で囲まれているからである。でも、これは正解ではなかった。四囲を囲む水は、ともに天然のものでなければならず、人工物を含まないというのが鉄則なのだそうである。たしかに、千葉県の野田市山王近辺で、江戸川と利根川が分かれているのは事実だが、これは徳川幕府による治水事業の成果ではあっても、はじめからここで分離していたわけではなかったからである。

ところで、世界最大の半島がアラビア半島なのだそうである。紅海・アラビア海・ペルシャ湾といった海に囲まれ、したがって、三／四が水といった要件は満たしている。残りの一／四はイラク・ヨルダンに接しているが、総面積では日本の七倍余を越えている。それでも、やはり半島は半島のようである。

面積の広狭にかかわらないのなら、大西洋・ジブラルタル海峡・地中海に囲まれたイベリア半島もまた、フランスを含めて結構広い半島なのかと思っていたら、イベリア半島とは、ピレネー山脈から南を指し、フランスは含まれていないとのことである。地図で見ると、イベリア半島にいれても良さそうな感じもするが、それは許されないらしい。となると、なぜピレネー山脈で線をひかなければならなかったの？　結局、わからずじまいであった。

（二〇一三・九・六）

敗戦の日

今日は八月の一五日。あれからもう六七年の歳月が経過し、この日もついに歴史上の一日となってしまったようである。とはいうものの、常に新しさを求める新聞でさえも、流石にこの日ばかりは、過去の特集すなわち終戦記念日の特集を組んでいた。

たしかに、六七年前のこの日に戦争は終わっている。だから、終戦記念日というのもわからぬわけではない。ただ私個人として、終戦という言葉を使ったことは一度もない。これまでもそうであったし、これからもまた使うつもりはない。

この日、戦争が終わったのは事実である。でも、勝つて終わったのか負けて終わったのかは、この終戦という言葉からはでてこない。現実は、負けて終わっているのなら、なぜその負けてが姿を消して、終わっただけが一人歩きするのか。負けた事実をことさら隠蔽し、あるいは歪曲するようなこの表現には抵抗感もある。

戦勝国にとって戦勝記念日があるのなら、敗戦国にとっては敗戦の日、あるいは敗戦そのものを肝に銘じておくならば、敗戦記念日といったいい方が考えられないわけではない。毎年五月の八日、シャンゼリゼー通りは華麗な戦勝パレードで賑わっている。彼らにとってこの日は、戦勝記念日ではあっても、決して終戦記念日ではない。逆に負けたドイツでは、さすがに敗戦記念日として決められているわけではない。敗けたことそれ自体が、わが国のように記念日として特別扱いされていることもない。

いずれにせよ、敗戦を終戦記念日と称するのはわが国だけのようである。勝ったか負けたかの選択肢しかないのなら、負けた事実を素直に認めて敗戦というべきであって、敗れて降伏した事実を終戦で糊塗しようとするのは、決して褒められたことではない。事実は事実とした認めること、そこからすべてが始まることを忘れないで欲しい。

物事には終わりがあれば、必ず初めがある。終わった日の特集があるのなら、始まった日の特集もあって欲しかった。先にも述べたように、昭和一二年七月に始まった支那事変は、その後九年にわたる長期戦の端緒となり、六七年前の今日、敗戦という形でその幕を降ろしている。

三〇〇万余の人たちがその生命を落とされたきっかけは、まさしくほぼ七〇年前のこの日にあった。そして、戦争に始まり戦争に終わったこの九年の間に、私は小学生から中学生そして旧制高校生として、十代の成長期のすべてをこの戦時下で過ごしてきた。

先日、かつての勤務校であった大学内のクラブで、多くの教え子たちに囲まれながら、八六歳の誕生日を祝って戴いた。ドイツ語で書かれた「お誕生日　おめでとうございます」というお祝いの言葉と同時に、アメリカのアニメ映画のカールおじさんによく似た私の似顔絵、それが描かれたバースディ　ケーキに感謝しながら、蝋燭の火を消している。

それに続いて、スピーチということとなり、こんなことを話している。支那事変勃発当時、小学校五年生であった私は、担当の先生に引率されて鉄道沿線に整列し、万歳の声をあげて出征兵士を送りだしていた。いずれは送る身が送られる身となるとはつゆ知らず、日の丸の旗を振っていた。送りだされた兵士のなかには、そのまま帰らぬ人もいた。私たち小学生にもまた、厳かな葬儀への参加が求められた。

それまでは送り出す側の私も、やがて徴兵適齢期に達すると同時に送りだされる側に変身し、心ならずも高等学校在学中に、学業半ばで栄光の白線帽に別れを告げ、戦闘帽をかぶらざるをえないことになっていった。

この間の経過については、これまでにも、そのすべてに触れることはなかった。とくに自宅を後にし、小田急電鉄に揺られて軍隊の営門をくぐる、それまでの詳細については一言も書いていない。これからも書けないとは思うが、今回は敗戦の放送を聞いたそのときの自分までは、やっと口にすることができ、話すことができるようになった。

午前中の対戦車肉薄攻撃の訓練を終えて宿舎に帰える。正午に天皇の放送がある。付近の民家でラジオを聞くようにという、師団司令部からの伝達を聞いて敗戦を直感した。そして、この直感は現実のものとなっていった。「朕ハ時運ノ趨ク所堪ヘ難キヲ堪ヘ忍ヒ難キヲ忍ヒ以テ万世ノ為ニ太平ヲ開カムト欲ス」と玉音は続いていく。「これで、やっと学校に帰れる」。それがそのときの私の素直な反応であった。

敗戦の当日、国内でどんな反応があったのかは、少なくともその時点で、その詳細を知りうべき状況下にはなかった。でも、その後の報道を通じて知った大方の対応と私の反応との間には、およそかけ離れた大きな違いがあった。それだけに、長年にわたって口外することをためらってきたが、最近になって、ようやく教え子たちを前にして話す気になったわけである。

誰になんといわれようと、あるいはどのように非難されようと、母校である静高に帰りたかった。そうした自分の姿を、やっとここで公表することができた。思えば長い沈黙の六七年間であった。

（二〇一二・八・一五）

《落穂拾い》

母校をあとにし、法学部の学生になったのが昭和二二年（一九四七年）の四月。この年の五月には、かつての大日本帝国憲法がその姿を消し、日本国憲法へと変わっていった。新憲法の講義を聞いた最初の学年が、私たち昭和二二年入学組であった。担当は宮沢俊義先生、三一番教室での受講であった。

壇上から先生は、こともなげに「天皇」とおっしゃる。講義中なので「天皇陛下」と敬称で呼ぶ必要はなかったのかもしれない。誰でも呼び捨てである。したがって「天皇」といったいい方が物議を醸すことはなかったが、聴講している学生側の反応は面白かった。

私のような軍隊経験者を含めて、「天皇」という言葉に対応するときは、必ず直立不動の姿勢をとらなければならなかった。それが少なくとも、戦時中のしきたりであった。脇見をしたり、おしゃべりしたり、腰に手を置いて聞くことなど、およそ許されるところではなかったし、不敬の行為といわれかねなかった。

それもあってか、講義中に先生が「天皇」とおっしゃると、その都度聴講している学生側は、一斉に両足を引き寄せる。椅子から立ちあがるわけにもいかないので、せめて両足だけでも揃えて不動の姿勢をとる。その踵を一斉に引き寄せる靴音が教室内に響き渡る。それがきわめて印象的であった。単純にいえば、条件反射であったが、敗戦後二年たっても、この状況に変わりはなかった。

神武天皇の即位以来、皇紀を重ねて二六〇〇年、それが昭和一五年に当る。全国的な慶祝となり、皇紀二六〇〇年を祝う記念大会が開かれた。とくに同年一一月一〇日には、宮城前広場での盛大な祝典がおこなわれた。そして、この国家的大行事には、天皇も列席している。

ＮＨＫ、当時の日本放送協会は、この盛大な国家的慶事をラジオを通じて全国に放送している。でもなぜか。天皇の祝辞「茲ニ皇紀二千六百年ニ膺リ百僚衆庶民相会シ之カ慶祝ノ典ヲ挙ケ……」は電波にのることはなかった。どうして？　答えは簡単であった。ラジオの前で放送を聞く全国民が、すべて襟を正し直立不動の姿勢で聞くという保証はなにもない。仕事をしながら、耳だけをラジオに傾ける人がいないともかぎらない。でも、それでは畏れ多い。不敬な行為に当たりかねない。それを懸念しての放送中断であった。

かつては、それほど畏れ多いとされてきた天皇が、自らマイクの前に立ち、自らの言葉で語りかけるとは、敗戦以外に考えられなかった。そしてこの予感は、現実のものとなっていってしまった。

伊太利亜

いきなり便座の登場で申し訳ないが、わが家の便座の丁度左側に、可愛い花瓶が置かれている。そこにいれられた彩りのはっきりした花に気がつき、「これ、なんの花なの?」と聞けば、ゼラニュウムとのこと。緑の葉の上に、赤と白のそれぞれの花弁をつけたゼラニュウムが、にぎやかにわが世の春を謳歌していた。「エッ、これイタリアの国旗じゃないの」。瞬間的に、そう反応した。

イタリアの国旗が、垂直三分旗であることは知っている。ただ、緑・白・赤のもつ意味そのものについての知識は皆無であった。なにか意味があってのことだろうとは思う。例によって、あくなき探究心といえば聞こえはいいが、単純にいって雑学的好奇心が動きだす。

左側の緑は、美しい国土をあらわすのだそうである。緑は私も大好きな色である。イタリア全土が、緑に覆われているのかどうかは知らないが、緑を自慢できる美しい国土には共鳴できるものがある。緑の美しい国土を、国旗にできるイタリアが羨ましかった。

真ん中の白は雪とのことである。ヨーロッパにとって南国ともいえるイタリアでも、雪が降るのかといった反応は、認識不足といわざるをえない。コルティーナ　ダンベッツオ（Cortina d'Ambesso

一九五六年）、トリーノ（Torino 二〇〇六年）では、それぞれに冬季オリンピックが開催されていた。とくに後者は、フィギュアースケートの金メダリスト、荒川静香誕生の地でもある。わりと気楽に忘れてしまうものと反省している。いわれるまでは気がつかなかった。

残るのは赤。これは愛国の熱血を意味するのだそうである。事実、この国旗を見て血沸き肉踊る熱血がほとばしるのかどうかは知らない。でも、国旗の白い部分に落書きする、どこかの国の国民よりは情熱を感じる。

二〇〇八年に、私もまたイタリアを訪れている。訪れた先はローマ。ここでは、緑に覆われた美しき国土を求めにくかったが、某日、ナヴォーナ広場（Piazza Navona）で、別の記憶に残る客体にあうことができた。時刻はすでに午後の七時を回り、暮れてゆく広場での情緒を楽しんでいたら、目の前にゴミの収集車がやってきた。ここで初めて、ローマのごみ箱とご対面ということになる。街に融和したこのごみ箱を、私は「最高の傑作」と絶賛している。それでいて、カメラで写していない。反応は鈍かった。

二〇〇九年の七月、ゼミの卒業生との年に一度の会合すなわち香桜会の席上で、私は出席した諸兄姉にお願いをしている。誰かローマにいく機会があったら、「このごみ箱を、是非写真に撮ってきて」と。

あれから半年が経過した。届けられた多くの年賀状のなかに「ローマへのフライトの機会がなく、まだ写真を送れず申し訳ない」というのがあった。キャビン-アテンダントをしている教え子からであった。憶えていてくれて有難う。

クリスチャンである教え子が、巡礼でローマを訪れている。その彼が撮影して送ってくれた。宗教的行事に参加の途中で、市井のごみ箱撮影では、その格差の激しさに申し訳なく思っているが、撮影してくれた彼には感謝している。

そのイタリアについては、どうしても書いておきたい思い出というか出来事がある。もっとも、こんなことを書くと、「頭がおかしくなったのでは?」といわれそうである。そしてそういわれると、心中穏やかでないものを感ずる。それだけに、「どうしよう?」。書こうか書くまいか。そういった迷いもあったが、実体験であるだけに包み隠さず書くことにした。

一九四三年（昭和一八年）七月二四日に、ヴェネティアでファシズム大評議会が開かれ、そこで「統帥権の国王への返還」といった決議がなされた。その結果、ときの宰相ムッソリーニ（Benito Amilcare Andrea Mussolini, 29. luglio 1883～28. aprile 1945）は、首相としての地位から解任されて、翌二五日には逮捕されている。これは歴史的事実である。そしてこのあと、首相の地位についたのがバドリオ元帥（Pietro Badoglio, 28. settembre 1871～1. novembre 1956）であった。これも消すことのできない歴史の一駒である。

もっとも、それがどうしたの？　といった質問はでてくることであろう。それに答えなければならないし、またそのために、このエッセイを書いている面もある。でも、真顔で答えるとなると、逆に「頭がおかしいのじゃないの？」といわれかねない。それで逡巡しているのだが、書くと腹を決めたのなら、諦めて筆を進めていくほかないのかもしれない。

二五日に、バドリオが首相に就任する以前に、逆にいえば、ムッソリーニが失脚させられるそれ以前に、この事実を私は夢で見ている。四三年といえば昭和一八年、中学五年生の夏である。それほどヨーロッパでの戦局に関心があったわけでもないのに、なぜか私は、この事実をいち早く認識している。ただし、夢経由で……。

それだけに、そのことの真偽を判断しかね、その後の新聞には連日眼を通して事実の確認に努めたが、しばらくは、この政変をうかがわせるような報道は、なにひとつ記載されていなかった。ムッソリーニの失脚は、やはり夢だったのかと思い直しかけた頃、やっと報道されて夢ではなかったと知ることができた。

ただ、なぜ私に夢の啓示があったのか。それがわからない。しかも、長い人生のなかで、このときだけが例外である。およそ、超能力などといえたものではなく、それだけに口外しにくい出来事であった。変人といわれたくなかったからでもある。それにしても、なぜといった疑問は、いまだに解決されないまま今日に至っている。奇妙な経験をすることもあるもののようである。

ところで、失脚し幽閉されたムッソリーニを、幽閉場所であるグラン-サッソウ-ホテルから無血救出したのは、ナチスの親衛隊であった。グライダーで、山頂にあるこのホテルに強行着陸し、ムッソリーニをヘリで救出したあと、作戦に参加した親衛隊員は、陸路経由で全員無事帰還しているとのことである。この救出作戦の鮮やかさは、のちに映画化されるほど、スマートなものであったらしい。

折角、救出されはしたものの、ムッソリーニは四五年（昭和二〇年）四月に、ヨーロッパきっての保養地モコ湖の近辺で、パルティザンによって拘束されて銃殺され、その死骸はミラノのロレート広場（Piazzale Loreto）に、逆さづりの形でさらしものにされている。

この二事件は、いずれも新聞報道を通じて知ったものであり、決して夢経由ではなかった。私の空間を越える超能力（?）も、バドリオ事件にかぎられていたようである。平凡な市井の一市民にすぎなかったことを嬉しく思う。

なお、作者は不詳であるが、

落ちぶれて　袖に涙の　かかるとき

人の心の　奥ぞ知らるる

という歌がある。

ムッソリーニが、人の心の奥を知ったのは、救出作戦のときであったのか。それともパルティザンによって銃殺されたときだったのだろうか。いまとなっては知る術もないが、英雄の末路は哀れである。

（二〇一三・九・八）

クリスタルナハト

この言葉、初めて聞かされたのはミュンヒエンに留学中のことであった。下宿の女主人から教えられたのが最初である。直訳すれば「水晶の夜」となる。極寒の冬、降りしきる雪さえも凍って窓辺をうち、きらきらと輝きながら乱舞する。そんな光景を連想して、ダイヤモンドダストと同じような現象なのかと思っていたら、これが大間違い。それと現実との間には大きな違いがあった。

一九三六年（昭和一一年）に、ポーランド系ユダヤ人による、在パリ　ドイツ大使館員襲撃という事件があった。それがきっかけとなって、ナチスによるユダヤ人迫害、とくにそれまでは比較的穏便に処遇されていたポーランド系ユダヤ人に対する迫害に火がつき、同年の一一月九日の夜から翌日にかけて、ユダヤ人の殺害や住宅・商店街といった建造物の破壊等の行為がおこなわれ、さらにはシナーゴク（synagogue）すなわちユダヤの教会さえも、その害を受けることになったとのことである。しかもこの暴動は、広くドイツ全土にわたっておこなわれたとも聞かされている。

暴動のおりに窓ガラスが壊され、壊されたガラスの破片が、丁度降りしきる雪のように空間に舞い散っていった。そしてそのときの様子を、加害者であるドイツ人自身が、自らおこなったこの破壊行為に対して、クリスタルナハトすなわち水晶の夜と名づけた。そのことに由来するのだそうである。英語によれば、この同じ現象を The Night of brocken Glass と表現されている。そこには、決してドイツ語の Kristallnacht にみられるような、文学的な表現がなされているわけではなかった。でも、英文のほうが、その実態を素直に表現しているとはいえる。

この言葉、聞かされるまではその事実を知らなかった。昭和一一年といえば、小学校の四年生。毎朝配達されてくる新聞に、目をとおす年齢ではなかった。中学生の西洋史の授業で教えられた記憶もない。愛用している大類　伸の西洋史新講にも、この記載はなされていなかった。教えられたことでも忘れてしまうのに、教えられないことの知識がなくても、それはやむをえないところとは、いささかいいわけがましいが、歴史の教科書に載っていなかったし、学習もしていなかったとなると、それを知らなくても当然であったといえるのかもしれない。

それはともかく、クリスタルナハトとは、逆にドイツ人にとっては周知の言葉であろうし、それだけにまた彼らにとって、それは必ずしも歓迎されるべき出来事ではなかったはずである。できれば、思いだしたくはなかったであろうし、また口外したくない事件であったのかもしれない。あまり触れられたくないこの時代の出来事を、なぜ彼女は私に語ってくれたのだろうか。たまたま、その日が雪の降る夜だったからなのか。あるいは凍てつくような寒さだったからなのか。それはわからない。

人種や民族の差が原因で、一方が他方の差別へあるいはその虐待・抑圧へと進展していった事例は、枚挙に暇がない。考えようによっては、歴史そのものがまた、そのことの繰り返しであったといえるのかもしれない。

ニューヨーク港内のリバティ島に、自由の女神の像がある。その王冠からは、七本の突起が天空に雄飛している。「あれなんなの」と聞けば、七つの大陸と七つの海に、広く自由が拡大されるのを願ってのことなのだそうである。

アジア、アフリカ、ヨーロッパ、南・北アメリカ、大洋洲と、この六大陸しか知らない私には、七番目ってどこなのかな。それが疑問となってくる。そこで、「どこなの？　そこは」とさらなる質問を提示すれば、返ってきた答えは「南極」であった。

一九世紀末、フランスから贈呈されたその時点で、南極に人類の生存があったのかどうかは知らないし、確認もしていない。のみならず、その一〇〇年前に「人類は、すべて平等」と謳って独立したそのアメリカで、独立宣言にいう「人類」のなかには、先住民族であるインディアンを念頭においてのことだったのか。そう考えると、南極よりも北米大陸そのものにこそ、問題を残すところではなかったのか。インディアンに対して、この宣言が効果をもたらすことがあったとも考えられない。そうだとすれば、なんのための独立宣言であったのか。足元を忘れて、なぜ南極なのか。疑問が氷解しているわけではない。

同じような現象は、とくに大航海時代に顕著であったともいえる。先住民族に対する、どれだけの思いやりがあったのかは、いまあらためて、そのもつ意味を問い正してみたいところである。

上からの命令なのか付和雷同なのか。その原因は多種・多様であるにしても、他に対する集団としての暴走行為は、今日現在でさえも世界各国でみられるところである。自分たちだけが唯一絶対といった思考とそれによる行動、そういったいき方が、現在・過去をも含めて、どれだけ多くの害をもたらしてきたことか。改めて考え直して欲しいところである。

一寸考えれば、すぐにでもわかるような事柄を、すなわち前車の轍を踏むことの愚を容易に知りうるのにもかかわらず、それに対する反省のひとかけらもみられないまま、流れにまかせて大勢に順応し便乗していく。それも自己保身上、やむをえない対応策であるのかもしれないが、なぜか納得しがたいものを感ずる。

あるいは、こうしたいき方が通例であるのかもしれない。それだけにまた、危機感も感じさせられる。「私は、そうは思わない。自分は、そのような行動にでるつもりはない」と、決して付和雷同することのない自分を、明確にできないものなのだろうか。そういった意思表示が、なぜなされえなかったのだろうか。

青少年期を、そんな時代のなかで過ごしてこざるをえなかっただけに、「私には、その意思はない」と明言できる強さが欲しい。あとになって、「あの時は申し訳なかった。じつは……」と弁明したり、謝罪することは誰にでもできる。でもそれで、すべてが解決しうるものでもないし、また免責され贖罪されうるものでもない。大事なのは、そのときどうしたかであり、そのときの選択と決断、それに誤りのないいきかた、それこそが重要だからである。

（二〇一〇・一一・二四）

白バラ

ドイツ語学習の折、いつもといってもいいくらい必ずご厄介になるのがMax Hüber Verlagという名の出版社である。同社の社史によると、一九一一年以降、大学内で開いていた書店の持ち主が、一九二一年にこの出版社を設立したと記されている。九〇年余の歴史をもつ古手の出版社である。どの部門の出版が主であるのかは知らないが、少なくともドイツ語の学習にとって、それは切っても切れない関係にあることだけは間違いない。

大学内の書店であったという社史を見て、これミュンヒェン大学（正式名は、ルードヴィッヒ-マキシミリアン大学）のことかなとも思ったが、大学のある通りの名前と、この書店の通りの名前とが違っていた。アマーリエン通りとなっていたからである。大学内の書店であるのならルードヴィッヒ通りであり、アマーリエン通りではなかったはずである。

もしミュンヒェン大学構内の書店であるのなら、留学生時代にしばしばご厄介になっている。帰国したあとでも、渡独する機会があれば必ずここを訪れている。でもあるとき、この書店はすっかりその姿を変えてしまっていた。地下鉄の駅に変わっていたからである。その後の行き先は知らない。

やはり思い違いであったのか。なんの関係もなかったのかと思っていたら、ルードヴィッヒとアマーリエンとは、南北に並行して走る二本の幹線道路であることに気がついた。この二本の道路のうち、大学を二分する形でその中央を走るのがルードヴィッヒ通りであり、その左側にある神学部等の外延を画するのがアマーリエン通りであった。そしてそこに、かつて書店が開かれていたとなると、私の行きつけの書店ということにはならないが、ミュンヒエン大学内なのかといった推測はあたっていたことになる。推測に間違いはなかった模様である。

ところで、そのルードヴィッヒ通りを挟んで右側には法学部の建物があり、私の行き先はいつもこちら側ばかりであったが、同じような噴水は神学部等のある左側にもあり、それに魅せられて、ある日その建物にはいってみたことがある。そしてそこには、白バラ記念館があった。ナチスに抵抗して処刑された一人の教授と、五人の男女学生を祭る記念碑がこれである。大きな壁に刻まれた肖像の存在も、一九七〇年に一人の留学生としてミュンヒェン大学で学んだときに確認している。ただ、当時はそれほどの知識もなく、ただ見ているだけのことであったが、今回のテキスト出版社がきっかけとなって、改めていろんな事柄を知ることができた。折角知りえた知識なので、記憶に残すためにも、調べた結果を書きとめておくことにした。

もともと、ミュンヒェン自体がナチス誕生の地であるだけに、それに対する抵抗であったのかと、当時は単純に受けとっていたが、これは必ずしも正確な理解ではなかった。その意味では、不正確なままで現在に至っていたことになるが、ともあれまずは最初に、なぜ「白バラ抵抗運動」というのだろう。それを取りあげてみることにしたい。

この抵抗運動の主役は、ハンスとゾフィーという兄妹であり、その兄妹が自ら命名したと聞いているが、それにしても、なぜ「白バラ」を選んだのか。それが必ずしも明らかではなかった。白バラの花言葉にあやかってのことなのかとも考えたが、この推測を是認しうるだけの資料もない。自費でタイプライターを購入し、最初に印刷し頒布した第一号のビラの名前が、die weiße Rose（白バラ）であったことだけは事実であるが、それ以上のことはわからなかった。

事件のきっかけは、一九四三年二月一八日の午前一一時、兄妹たちが作成した六枚目のビラを大学構内で頒布中に、大学職員に見つかって逮捕されたことに始まっている。

兄のハンスが、医学部の学生であることの記述はあるが、妹のゾフィーの所属学部がわからない。このとき二一歳であったことを考えれば、大学在学中であったことは間違いないにしても、学部についてははっきりさせることができなかった。やっと見つけたのが、生物と哲学を専攻していたという記事だけである。文学部学生であったのかとは思うものの、それも私の推測であるにすぎない。

他方、兄のハンスはこのとき二四歳。既に軍務に服した経験もあり、現役兵として東部戦線で戦っている。そのときの、すなわち従軍中のナチスのいきかたに不審を抱いたことが、「白バラ抵抗運動」の下地になっていた。

当時の大学には、ナチスの親衛隊員が配属されて要職を占めていたと聞いている。事件当時の学長もまた、親衛隊員であったそうである。「大学の自治」って、どうなっていたのだろうとは思うものの、日本にだって配属将校はいた。大学や高等学校さらには高等専門学校等には大佐クラスの将校が、そして中学校には少尉・中尉クラスの配属将校がいた。どれくらい、学問の世界に容喙していたのかは知らないが、制服組が学内に滞在していたことは、必ずしも歓迎しうる現象ではなかった。

反ナチスのビラを大学構内で配布した二人は、親衛隊員である大学職員によってゲシュタポに通報されて逮捕され、事件後四日目の同月二二日には人民法廷にかけられている。翌二三日には死刑の宣告をうけ、断頭台の露と消えていった。考えられない程の超スピード裁判である。なぜそれが可能であったのか。

一九三三年（昭和八年）の二月の二七日に、一人の狂人による国会議事堂焼討ち事件があった。それを、共産党弾圧のための手がかりにしようとして失敗したヒトラーが、民族裁判所すなわち人民法廷を創設し、遡及効まで認めることによって処罰をしやすくしていった。そういった法制度そのものの改革に由来してのことである。およそ due process of law など、どこ吹く風の裁判制度であったといえる。

敗戦後の現在、この人民法廷が存在しうる余地はないが、制度と建物とは別である。いまでも残っているかしらと思って調べてみたら、現在のベルリン高等裁判所の庁舎がそれであった。もう訪れることもないとは思うものの、もし許されるのなら、もう一度訪問し、ここで当時の資料を見てみたいとは思っている。

ところで、この事件で一番気になるのは、死刑判決を下した人民法廷の判決文である。かつての帝国裁判所時代の判決なら判例集で調べることもできるが、人民法廷の判決となると、なにを手がかりにして知ることができるのか、それがわからない。当時の法律雑誌でも見れば、あるいはその内容を知りうるのかもしれないが、そのために図書館にまで足を運ぶ元気もない。困り果てていたら、パソコンのなかにその一部を発見することができた。

訳者がどなたであるのか、そのお名前もわからないが、よほどドイツ語に堪能な方か、あるいは法律制度に造詣があってのことなのか。わかりやすい言葉でその一部が訳出されている。そこで、訳者不詳のままではあるが、それをここに引用させて頂くことにした。

「被告はビラの中で、戦時において武器生産のサボタージュを呼びかけ、わが民族の国家社会主義的生活を打倒し、敗北主義を宣伝し、われらの総統を口汚く罵り、国家の敵に利する行いをし、われわれの防衛力を弱めんとした。それゆえに死刑に処せられる」とするのがこれである。

戦前・戦中・戦後を問わず、ドイツでの裁判基準は変わることなく、そのいずれの時代にあっても「国民の名において」おこなわれてきた。ナチス体制下での「国民の名において」からすれば、こうなることが「国民の名において」ということになるのかもしれないが、裁判書のすべては、時代を超えて常に「国民の名において」おこなわれてこなければならず、またそのように期待されていたはずである。ということは、一時期だけに奉仕するための基準ではなかったはずである。

それが望ましい姿とは思うものの、そして不動の基準による法の適用であるにもかかわらず、それがときにより流動的となる可能性は高いとはいえる。でもそれは、極力避けられなければならないし、また絶対にあってはならないことなのである。それが「国民の名において」なされる裁判に要求される哲理のはずである。

一九四五年、敗戦により人民法廷そのものは廃止された。でも「国民の名において」とする基準は、現在もなお生き続けている。「国民の名」とは、その基準も内容も時代を超えて変わることなく、不動の原理として維持されるよう祈るだけである。

ところで、ナチス体制下でフルにその機能を発揮した人民法廷とは、法廷とは名ばかりで、それ自体が裁判機関なのではなく、ナチスの敵を抹殺するための機構であると自認していた。それだけに裁判の名に値しない、裁判に名を借りての弾劾であったといえるのかもしれない。

ともかく、一九三七年から四四年までの間の運用の実態をみてみると、左記のとおりであった。

被告人数　一四、三一九名

死刑　五、一九一名（三六・二五％）

無罪　一、〇七三名（〇・七％）

死刑の宣告数の多さは、人民法廷の目的自体からみて、こうなるであろうといえるのかもしれないが、それだけにまた戦後のドイツが、いち早く死刑制度の廃止に踏み切ったのもわかるような気がする。だが他方で、無罪率の高さは驚きであった。わが国では考えにくい統計結果だからである。

この法廷、三人の裁判官によって構成される合議制でなされていたようである。ところで、最盛期の同法廷の裁判長は空襲によって爆死したが、陪席の二人の裁判官は戦後裁判にかけられ、一方は控訴中に病死し、他方は公判継続中に自殺したとのことである。

戦時中の裁判担当者に対する法的な処理は終わらないまま、すべての幕が閉じられてしまったようである。

（二〇一一・三・一）

バラは散る

このところ体調を崩しているため、床に就くのが早い。夜中の一二時を過ぎても、一時・二時とパソコンにかじりついていることもなくなった。先日も、身体に変調をきたし、胃カメラを飲むことになった。初めての経験である。多少情報を集めてみたら、このカメラの飲ませ方、病院によって差があるらしいし、また飲む患者の反応も多様のようである。担当医と一緒になって、自分の胃のなかを見ている患者さんもいるらしい。

そんなものかと多少の安堵感もあったが、私のばあいはまったく逆。終始目はつぶったまま、じっとその難行苦行に耐えてきた。苦行に耐えている私の背中を、優しく撫でてくれる看護師さん。ズーと手を握っていてくれた方もいた。八〇余年生きてきたなかで、こんなに長い時間、女性に手を握られたままでいたのは、今回が初めてのことであった。

「もう一度、胃カメラを飲む?」といわれても、答えはひとつ。「絶対に嫌!」。手を握られることと難行とは比較にならない。もう飲むつもりはない。検査も終わり、「有難うございます」と礼をいう。返ってきた言葉が「よく頑張りましたね!」。「私は子供なのか」。

検査室をでる。疲労困憊している。「しばらく休んでから、つぎの行動にでるように」と注意され、待合室のソファのうえで、しばしの休息をとる。傍目にも、重症と思われたのかもしれない。本人が考えていた以上の難行苦行であった。

体調が悪いともなれば無理はできない。早めにベッドに横になるほかはない。でも、横になるということが、直ちに就眠に結びつくというわけでもない。横にはなったものの眠れないこともある。ベットの傍には、ドイツ語の教科書が手の伸びる範囲に置かれている。一冊選んでみた。今度は前回のヒューバー社の発行ではなくて、Ernst Klett Interational となっていた。ヒューバー社の本社がミュンヒェンであるのに対し、こちらはお隣の州 Baden-Württemberg 州の州都、シュッットガルトにその本社があった。ここは二度ほど訪れているが、いずれも空港利用のために通過しただけ。残念ながら、詳しい知識は持ちあわせていない。

ともあれ、この教科書をめくっていたら、Die Weiße Rose というタイトルの書かれた頁が目にとまった。「えッ、これ例の白バラのことなの？」と驚き、早速目を本文に移してみた。

「一九四二年、ミュンヒェンでの学生たちによるヒトラー独裁に対する抵抗運動が、こう呼ばれている」と書かれていた。「やっぱりそうなんだ。同じものなんだ」と知ったものの、それじゃかつての語学学校で、この頁を習っていなかったのだろうか。習っていたとすれば、忘れぶりの速さは反省しなければならない。習っていたのか習わなかったのか？　そんな疑問もでてきた。

　改めてテキストの当該頁を見直してみたが、そこには書き込みはなにもなかったし、綺麗な頁のままであった。どうも、学習の対象からはずされていたらしい。もし教えられていたのなら、私とほぼ同年齢のドイツ学生による出来事。記憶に残っていないはずはなかったし、必ず「私は、この記念館を訪れています」といっていたであろう。でも、その記憶もない。それよりもなによりも、人民法廷が気になっていたはずである。「通常の裁判所と、どう違うのですか？」といった質問もでてくるが、そうした質問をした記憶もない。どう考えても除外された頁のようであった。先生ご自身も、あまり触れたくなかったのかもしれない。

　その意味では、貴重な資料を見逃したまま「白バラ」を書いていたわけであるが、そこでの記述とは別に新しい資料が見つかったとなれば、ほっておくわけにもいくまい。それもあって、もう一度続編を書く気になった。エッセイの続編など、あまり例がないのかもしれないが、わかってきたいくつかの点のなかから、どうしてもこれだけは書きとどめておきたいことがある。

「問題の二月一八日木曜日、この日は晴れた日であった」から始まるこの文章を追っていくと、つぎのようなことが書かれていた。前の晩にゾフィーは、嫌な夢をみていたのだそうである。あとから考えれば、悪い予感がしていたといったいい方ができるのかもしれない。でも、その悪夢を振り払うように兄妹は、トランクにいれたビラを持って大学へと向かっていった。「どんな夢だったの？」と聞けば、「ゲシュタポが現れて、兄妹が逮捕された」という夢なのだそうである。

結果的に、予感は的中することになったわけだが、ここまでに一節、その和訳を省略している箇所がある。それは、兄妹が大学へ向ったという文章の前に、Sie waren guten Muts という表現があった。それをカットしている点である。この部分をどう訳したら、そのときの兄妹の気持ちを正確に反映できるのか。それを思い悩んでいたからである。

通常、guten Muts sein とは、「陽気に」といった意味である。いつものビラの頒布行為のときと同じように、今回も「元気に」頒布の予定場所である大学に向った。そのように単純に訳することも可能である。だがそれにしても、やはりひとつひっかかることがある。

前の晩にみた悪夢である。妹が兄に、その夢の話をしたのかどうかは知らない。ただ、かりに話していたとなれば、逮捕を予感しながらの大学ゆきということになる。それを単純に「元気に」頒布場所に向ったと訳してしまっていいものなのだろうか。もし妹から聞いていたのなら、「それを知りながらあえて」と訳すか、あるいは「大胆にも」とでも訳さなければ、正確ではないことにもなってくる。

どう訳すべきか。思い悩むところである。ただ、ナチスに対する兄妹のいき方を考えると、私としては「知りながらあえて」と訳したいところである。そしその結果は、嫌な予感のどおりとなってしまった。それだけに虫の知らせと知りながら、それでも兄妹は、予定の場所に赴いたと訳すのが正確となってくるし、またそのように訳したい。

この日から五日後、この兄妹と彼らの同志であるプロブストは人民法廷にかけられ、三人はともに死刑判決を受けている。断頭台に送られたハンスは、最後に一言、「Es lebe die Freiheit」と叫んで、その生涯を終えている。

（二〇一一・四・二〇）

《落穂拾い》

文末にあげたドイツ語の訳については「板垣死すとも自由は死せず」を思いだして頂ければ、あたらずといえども遠からずとはいえるようである。ただ正確にいうと、板垣のばあい、断定的な表現になっているが、ドイツ語の方は Konjunktiv（仮定法）で必ずしも断定的ではない。そうした細かい点は別にして、ほぼ同趣旨に解して妨げないと思われる。

ここまでの話題は、そのいずれもが遠い外国のことである。その意味では、空間のもたらす差異については充分に認識している。ただ、そのいずれの体験も、ほぼ同時代に生きた者として共有できる出来事である。それだけに、私だったらどうしただろうといった反省はある。正面から対決する意思があったかといわれると、肯定的に答える元気はない。黙して語らずしか残された方法はなかったからである。だからいまの私にとって、ひとつだけいえることは、当時のナチス体制下にあって、最後まで自分自身を通し続けていった白バラに対する敬意だけである。同じように、戦時下という環境のもとに育った私には、斜めに構えて黙して語らぬ道は選べても、正面きっての抵抗運動をする勇気はなかった。

著者紹介

香川達夫（かがわ　たつお）

大正 15 年、神奈川県に生まれる。昭和 25 年、東京大学法学部法律学科卒業。同年 4 月、特別研究生として、団藤重光教授に師事。現在、学習院大学名誉教授。法学博士。元司法試験委員。

主要著書

（退職後の公刊書に限る）

場所的適用範囲の法的性格（平 11、学習院大学研究叢書）

危険犯（平 20、学習院大学研究叢書）

自手犯と共同正犯（平 24、成文堂）

身分概念と身分犯（近刊、成文堂）

帰らざる日々

2014 年 6 月 1 日　初版第 1 刷発行

著　者　香　川　達　夫

発行者　阿　部　耕　一

〒162-0041　東京都新宿区早稲田鶴巻町514

発行所　株式会社　成　文　堂

電話 03(3203)9201(代)　Fax 03(3203)9206

http://www.seibundoh.co.jp

製版・印刷・製本　三報社印刷　　検印省略

ISBN978-4-7923-9244-4 C0095

定価（本体 900 円＋税）